U0137650

Illustrated Classics

经 典 看 得 见

UNA TRILOGÍA RURAL

洛尔迦戏剧选
插图典藏版

FEDERICO GARCÍA LORCA | GIANNI DE CONNO

〔西〕费德里科·加西亚·洛尔迦 著
〔意〕詹尼·德·孔诺 绘

卜珊 译

CMS 湖南文艺出版社

图书在版编目（CIP）数据

洛尔迦戏剧选：插图典藏版 / (西) 费德里科·加西亚·洛尔迦著；(意) 詹尼·德·孔诺绘；卜珊译. -- 长沙：湖南文艺出版社，2024.3
ISBN 978-7-5726-0978-7

Ⅰ.①洛… Ⅱ.①费… ②詹… ③卜… Ⅲ.①戏剧文学—剧本—作品集—西班牙—现代 Ⅳ.①I551.35

中国国家版本馆CIP数据核字(2024)第003680号

洛尔迦戏剧选：插图典藏版

LUOERJIA XIJU XUAN: CHATU DIANCANG BAN

著　　者：〔西〕费德里科·加西亚·洛尔迦
绘　　者：〔意〕詹尼·德·孔诺
译　　者：卜　珊
出 版 人：陈新文
责任编辑：吴　健
封面设计：Mitaliaume
内文排版：钟灿霞
出版发行：湖南文艺出版社
　　　　　（长沙市雨花区东二环一段508号 邮编：410014）
印　　刷：长沙超峰印刷有限公司
开　　本：880 mm×1230 mm　1/32
印　　张：8.5
字　　数：193千字
版　　次：2024年3月第1版
印　　次：2024年3月第1次印刷
书　　号：ISBN 978-7-5726-0978-7
定　　价：78.00元

费德里科·加西亚·洛尔迦

Federico García Lorca

西班牙诗人、剧作家，"二七年一代"的代表人物。1898年生于安达卢西亚地区格拉纳达附近的小镇富恩特巴克罗斯，1936年被长枪党武装分子枪杀于比斯纳尔的荒野之中。代表作包括《血的婚礼》《叶尔玛》《贝尔纳达·阿尔瓦之家》等剧作，以及《歌集》《深歌集》《吉卜赛谣曲》《诗人在纽约》等诗集。

詹尼·德·孔诺
Gianni De Conno

意大利插画家、布景师，曾担任意大利插画家协会主席。1957 年生于米兰，2017 年因病去世。曾求学于威尔第音乐学院，并在米兰电影学院学习动画电影和场景设计。常年致力于杂志和图书插画的创作，曾于 2008 年和 2010 年两度获得纽约插画家协会金奖，并于 2014 年创立国际无字书大赛。

卜　珊
Bu Shan

毕业于北京大学西班牙语专业，先后获学士、硕士、博士学位，现任北京大学外国语学院西葡意语系副教授。多年从事西班牙语教学及西班牙语现当代诗歌、戏剧方面的研究工作，翻译出版了《年年夏日那片海》《穿裹尸衣的女人》《失败笔记本》《侦图机》《巴罗哈：命运岔口的抉择》等作品。

乡村三部曲：一个诗人的戏剧

　　1936年6月炎热的一天，费德里科·加西亚·洛尔迦在马德里一位友人家中，为朋友们朗读自己刚刚完成的剧作《贝尔纳达·阿尔瓦之家》(*La casa de Bernarda Alba*)。在这个以"二七年一代"诗人群体为活动核心的文人圈子里，聆听洛尔迦朗读作品一直是大家公认的乐事。在轻松、融洽的气氛中，聆听诗人亲自朗读他的《古怪的鞋匠老婆》(*La zapatera prodigiosa*)、《血的婚礼》(*Bodas de sangre*)、《叶尔玛》(*Yerma*)、《老处女罗西塔或花的语言》(*Doña Rosita la soltera o el lenguaje de las flores*)，享受那富有韵律的词句，被强烈的戏剧冲突所震撼，为悲剧性的结局慨叹，进而热烈期盼作家以他充沛的活力和无尽的想象力尽快投入到下一部作品的创作中去。只是这一次的结局有所不同。就在朗诵会后的第二天，忧心忡忡的洛尔迦深感日益紧张的时局所带来的压力，没有听从友人劝告离开危局中的西班牙，而是乘火车回到格拉纳达。但本想在家乡寻求庇护，在与家人的团聚中需求安宁的洛尔迦，却就此走向自己的人生终点。不久后，内战于7月17日爆发，格拉纳达很快便落入叛军之手。8月18日，洛尔迦被长枪党武装分子枪杀于比斯纳尔的荒野之中。

　　出生于1898年6月5日的费德里科·加西亚·洛尔迦早在20世纪20年代便以诗成名，早期的《歌集》(*Canciones*)、《深歌集》

（ *Poema del cante jondo* ）在洛尔迦二十多岁时就已广为传诵，后来的《吉卜赛谣曲》（ *Romancero gitano* ）更是让他享誉诗坛，而当他开始戏剧创作后，其独特的创作角度和戏剧语言又让他成为西班牙剧坛的杰出代表。在洛尔迦的戏剧作品中，《血的婚礼》《叶尔玛》和《贝尔纳达·阿尔瓦之家》习惯上被称为"乡村三部曲"，是他最有影响力的戏剧作品，直到今天还常常被搬上舞台，具有穿越时空的舞台感召力，成为西班牙戏剧的经典之作。

纵观洛尔迦的整个戏剧创作历程，我们可以发现，在完成"乡村三部曲"之前，洛尔迦曾走过一段漫长而曲折的探索之路。首部公演的戏剧作品《蝴蝶的妖术》（ *El maleficio de la mariposa* ）一俟上演便遭恶评，让初试戏剧创作的洛尔迦备受打击，沉淀七年后才又写出以西班牙19世纪自由派女英雄为主角的《玛丽亚娜·皮内达》（ *Mariana Pineda* ），并开始在剧坛崭露头角。从20世纪30年代起，受当时欧洲文艺领域先锋主义盛行的大环境影响，洛尔迦在诗歌和戏剧领域都开始尝试先锋派创作风格，在1930年至1933年间，创作了《诗人在纽约》（ *Poeta en Nueva York* ）、《观众》（ *El público* ）、《就这样过五年》（ *Así que pasen cinco años* ）和《堂佩尔林普林与贝丽莎在花园中的爱情》（ *Amor de don Perlimplín con Belisa en su jardín* ）等有着显著先锋特点的诗歌和戏剧作品。在那几部剧作中，洛尔迦以一种独特的方式引入了很多在其他作品中出现过的因素：人类的情感、戏剧的理论认识、对社会的观察、文字游戏等等，使作品具备了深刻的戏剧性和丰富的表现层次，但同时他也宣称，这些作品是无法表演的"不可能的戏剧"，因为当时的西班牙观众并不具备能够理解作品所传达信息的基本能力。也许正是出于这个原因，在完成了先锋戏剧创作的探索阶段后，洛尔迦就试图通过另一条途径来实现与观众或读者的交流了。

从 1933 年起，洛尔迦又回归了他创作《玛丽亚娜·皮内达》和《古怪的鞋匠老婆》时期的现实主义创作道路，重新开始创作那些既能取悦于观众又能取悦于投资者的戏剧作品，同他先锋时期的作品相比，他成熟时期的作品多半取得了经济意义上的成功。但我们应该注意到的是，洛尔迦的这种对"现实主义"风格的重新启用并不是一次彻头彻尾的回归，而是在长时间实践的磨砺后向更高层次的进发。对于戏剧对观众的教化作用，洛尔迦有了更为深刻的认识。在 30 年代的戏剧创作中，他一直将这一点融入到自己的创作宗旨之中，注意为自己的戏剧作品选取适合他所属时代观众的题材和场景，这是他在经历了无数实验后日趋成熟的标志，也成为日后他的作品广受欢迎的基础。

　　《血的婚礼》《叶尔玛》和《贝尔纳达·阿尔瓦之家》便是洛尔迦戏剧创作成熟期的作品，其共同之处便在于它们都表现了西班牙安达卢西亚乡村生活中的真实场景。洛尔迦曾在格拉纳达附近的富恩特巴克罗斯和阿斯克罗萨乡间度过自己的童年和青少年时期，他对于这一地区乡间生活的熟稔使得他在三部曲的题材选择、场景设计和人物塑造方面都自然而然地凸显了安达卢西亚的地方特色，以呈现他在现实生活中早已熟悉的故事、场景和人物。

　　1928 年 7 月 25 日，彼时已在马德里"大学生公寓"居住学习的洛尔迦在报纸上读到一则新闻，涉及发生在阿尔梅里亚尼哈尔村的一桩罪案。一位新娘为与旧情人私奔，从自己的婚礼上逃走，愤怒的新郎率众追捕，进而引发流血冲突。这桩血案的发生和结局给洛尔迦留下了深刻的印象，他开始以此事件为素材进行构思，并在 1932 年完成了《血的婚礼》。剧中的新娘与莱昂纳多本有情意，但因后者家境贫寒而无法终成眷属。莱昂纳多另娶门户相当的女子成家生子，而新娘则不得不顺从父亲的意愿与田产丰厚的新郎相亲，并在双方父母的安排下成亲。可就在婚礼当天，新娘与前来观礼的莱昂纳多旧情复燃，决定逃婚私奔，与莱昂纳多家族本就有世仇的新郎在母亲的催促下愤而追赶。在化身为月亮的死神的注视下，逃亡的情侣和追击者们终于相遇，莱昂纳多与新郎拔刀相向，最终用生命祭奠了一场血的婚礼。

《叶尔玛》的主人公是一个婚后多年饱受不孕折磨的女人。她嫁给丈夫胡安只是为了做一个母亲，如果无法达成所愿，她就无法理解自己作为女人的意义。婚后多年不育的结果，让叶尔玛觉得自己的命运就像一条通向干涸池塘的水流，即使到达终点也终将不会有生命诞生。她曾期盼能通过祈祷得到神的祝福，甚至不惜冒险去参加带有巫术色彩的朝圣集会，以求实现受孕神迹，但在认清朝圣集会背后那有违社会道德准则的真相后，她又决然放弃。就这样，在经历了从最初的希望到失望再到最终的绝望的过程后，叶尔玛杀死了丈夫胡安，也亲手扼杀了自己实现人生意义的唯一希望。

叶尔玛的悲剧命运在洛尔迦的现实生活中也能找到蛛丝马迹。洛尔迦的父亲堂费德里科的前妻玛蒂尔德·帕拉西奥在和他共同生活了十四年后因病去世，身后未留子嗣。几年之后，堂费德里科与维森达结婚，并在婚后诞下二子二女，长子便是费德里科·加西亚·洛尔迦。幼时随家人居住在阿斯克罗萨时，洛尔迦的卧室床头上方曾挂着一幅莫克林的布衣耶稣的石版圣像画，据说就是父亲早亡的前妻玛蒂尔德所遗。在安达卢西亚乡间，莫克林的布衣耶稣被认为具备可令不孕不育之人受孕生子的神力，并因此而广受崇拜，围绕着这一形象进行的求子朝圣集会在乡间也频频可见，这些无疑都对洛尔迦构思《叶尔玛》产生了深刻的影响。每当看到那幅圣像，一个未曾生育便已离世的女性形象便会出现在他脑海中，让他将不孕不育与悲剧命运联系起来，并在多年后经这种关联呈现在《叶尔玛》的舞台上。

洛尔迦幼时非常喜欢去拜访他的姑妈，在姑妈家那所典型的安达卢西亚村居院落里有一口深井，而与姑妈家共用这口井的是女邻居弗拉斯基塔·阿尔瓦，姑妈和堂姐妹们关于这位女邻居一家生活情形的描述和评论，让洛尔迦对未来的《贝尔纳达·阿尔瓦之家》有了最初的构画，而另一位亲戚帕卡·马苏埃科斯在女儿离世后便长年穿戴丧服一事也成为洛尔迦的素材，被用于《贝尔纳达·阿尔瓦之家》的人物塑造，成为包括贝尔纳达和她几个女儿在内的女性群像身份的标志性元素。

与先锋时期的作品相比，"乡村三部曲"中现实与幻想之间的关系问题已经退居到相对次要的层面。艰深、晦涩的主题和语言消失了，人物也显得更接近现实生活，情节的设置和发展也在竭力顾及观众的理解力。三部曲中的人物——新娘、叶尔玛和贝尔纳达——身上所集中的特点强调了她们作为"目标虚构"人物的性质，其个人经历的独特性使她们各自的生活都带上了强烈的戏剧性。

《血的婚礼》中，内心真实的情感要将新娘推向莱昂纳多，但世俗的规范又让她承担未婚妻的职责。如果这是一个完全来自现实的人物，新娘会试图克服情感的煎熬，与看起来能够实现自己梦想的男人成婚，同时注意不去违背社会对其行为的期待，也就是说，她会牺牲一定的自我，避免让它推动自己去犯下有违社会规范的错误，同时也避免去破坏被社会所认同的传统婚姻。但新娘是一个"目标虚构"人物，她的身上同时具有"堕落女人"和"贞洁少女"的双重身份。新娘与莱昂纳多一起逃跑是《血的婚礼》的戏剧高潮，此时，主导新娘性格的是"堕落女人"的身份，很明显，新娘已经摧毁了环境施加在她身上的一切控制力，在那一刻，她掌控着自己命运的缰绳，而其他人，在使他们变得格外软弱的环境的压力下，听凭自己的生活被任意摆布。

叶尔玛算是洛尔迦所创造的最成功的"目标虚构"人物之一，即使她独自出现在舞台上，其戏剧表现力也不会有丝毫减弱。叶尔玛这个人物本身就是一篇精彩的内心独白，她身上反映出一些洛尔迦先锋时期作品中人物的特点，因此也就集中了不少相互对立的特质。表面上的现实显示出叶尔玛是一个因为无法生育而痛苦的女人，命运已经判定她无法完成传统意义上真正的女人应完成的职责。观众们在她的身上可以看到处于这种境地中的女人应该表现出的行为，她的言谈举止中的激烈表现都缘于她做母亲的企图的落空。但如果深入分析，我们会发现，通过主人公的话语，洛尔迦在向观众暗示一个隐藏得更深的事实，一个真正的事实。当叶尔玛说道："就在那些墙壁后面封闭着一些无法改变的事情，因为那些事儿根本没人听见。"她的话直接指向了造成她痛苦的真正根源。叶尔玛不能生育的事实只不过是她失败的表面原因，从这里产生了人物的二重性。观众们能够认同和理解的是叶尔玛作为不孕女人的可悲命运，但是这部作品的真正悲剧性却来自叶尔玛的孤独，是她作为农村女性而注定承受的孤独。剧中有许多意象都在表明叶尔玛在孤独中的感受，围绕在她身边的那些动物和花朵时刻向她展示着生命的繁衍和延续，仅这一点就足以让一个无法生育的女人倍感痛苦和孤独。就在与丈夫的相处中，叶尔玛体会到了这种将她同自然的和谐分离开来的障碍，以及在这种障碍面前产生的挫败感，她言谈举止中的歇斯底里都缘于她想在自己身上找到"有活力""自然"这些因素的愿望的落空。在全剧的终场，观众可以通过舞台上的表演得知叶尔玛愿望的落空实际上缘自胡安的不育，但在全剧的整个过程中，都是叶尔玛戴着不孕的面具来维护着丈夫的名誉，而她的不孕也是观众们在观看这部作品的第一时间里形成的概念。叶尔玛的悲剧在一层掩饰的幕布后面发展着，洛尔迦让自己的人物具有一定的双重性，观众们在舞台上既可以找到符合传统家庭概念中女性形象的叶尔玛，也可以找到为了找到自我而在事物的另一个层面上不断寻求的叶尔玛。在观众们对这种对立的双重性格进行选择的过程中，作品便可以更容易地走近他们，为他们所接受。

在《贝尔纳达·阿尔瓦之家》中生活着梦想自由和爱情的女性，但这两个梦想也正是贝尔纳达用每一句话、每一个举动来压制、消灭的对象。富有的贝尔纳达·阿尔瓦刚刚办完丈夫的丧事，一回到家中便对五个女儿宣布，家中一切事务均须唯其令是从，其中当然也包括她们各自的婚事。五个女儿以各自的方式表达着不满，但真正将不满付诸行动的，只有最小的女儿阿黛拉，但她对自由和爱情的勇敢追求最终被母亲贝尔纳达镇压，而阿黛拉只能用死亡做出最后的抗争。从剧情设置中可以看出，贝尔纳达的性格在她女儿们的身上得到了延伸。从某种意义上说，她的女儿们表现了她的不断变化的自我。女儿们出于惧怕而服从母亲，因为她们有着相同的本质。除了阿黛拉之外，其他的女儿都是潜在的贝尔纳达。贝尔纳达强加在女儿们身上的束缚在阿黛拉那里遭到了激烈的反抗。贝尔纳达和阿黛拉代表了两种完全对立的力量，而这两种对立的力量，我们在新娘和叶尔玛身上都能找到踪迹。贝尔纳达所代表的力量在叶尔玛身上是她因自己的不孕而产生的对丈夫的仇恨，而表现在新娘的身上，则是在她内心纠缠不去的对"美德"的倾慕。阿黛拉的形象则会让我们想到试图摆脱早已注定的命运却不得不陷入绝境的叶尔玛，而阿黛拉与新娘之间的相似之处则更为明显，两个女人都在用自己的存在去冒险，以获取真正的爱情。新娘和叶尔玛都可以作为完全独立的形象出现在舞台上，而贝尔纳达和阿黛拉作为舞台上的两个重要形象却彼此需要，缺一不可。在她们身上集中了戏剧的冲突：如果没有贝尔纳达，阿黛拉的抗争将失去动力；同样，阿黛拉的抗争也会使贝尔纳达的形象得到进一步的强化。

与三部曲的戏剧情节设置相比，这些女性人物的存在本身具有更大的感染力。这些女性在她们周围创造出与她们的内在悲剧相符合的氛围，随着剧情的发展一步步展示自己的内心。三部作品都是以死亡为结局的，但死亡的事实并没有构成戏剧表演的高潮，作品的悲剧性体现在舞台人物的心理发展过程中，没有像传统戏剧那样让观众在高潮中停留在剧中所表现的悲剧时刻。新郎和莱昂纳多的死、胡安的被杀、阿黛拉的自杀只不过构成了戏剧发展逻辑过程的一个部分，更具冲击力的部分发生在这些高潮时刻之后：新娘与新郎母亲的哀怨声，叶尔玛的"我亲手杀死了我的儿子"，以及贝尔纳达·阿尔瓦那句"肃静！"，都成了三部曲直击观众心灵深处的最强音。

> 戏剧是一所充满哭泣和笑声的学校，它还是一个自由的讲坛，在这里，人们可以揭露出那些旧有的或者是错误的道德伦理，可以以生动的例子来解说指导人类情感和心灵的永恒的规范。……那些没有反映出社会和历史的脉动，没有表现出人们的生活和那些风景和精神的真正色彩的戏剧根本没有权利被称为戏剧。

1935年2月1日，在马德里"西班牙剧院"的舞台上，洛尔迦向刚刚观看完《叶尔玛》演出的观众们讲了上面这段话，道出了他对于戏剧创作的见解。在洛尔迦的眼中，戏剧舞台是艺术家与民众交流的最佳桥梁，他需要不断地在这一领域进行探索和实践，从中感受光荣、羞愧、欣喜、悲伤，为所有人"打开自己的血管"。

"戏剧的狂热爱好者"，洛尔迦这样称呼自己，这种对戏剧的热爱来自他对生活的独特认识，正像我们在前面曾经提到的那样，洛尔迦认为生活就是一个戏剧的大舞台，一个将生活与戏剧融为一体的人，势必会将他对生活的热爱转化成对戏剧的狂热之爱，并且让这种爱持续一生。虽然1936年长枪党党徒的枪声为洛尔迦的人生戏剧残酷地画上了句号，但从他留给我们的作品中，我们仍然能够感受到这位诗人和剧作家对戏剧创作的真挚的爱，这种情感也势必会随着他的作品流传久远、绵绵不绝。

卜珊

目 录

ÍNDICE

血的婚礼

三幕七场悲剧

人物表

新郎母亲	莱昂纳多
新娘	新郎
岳母	新娘父亲
莱昂纳多之妻	月亮
女仆	死神（老乞婆）
众女邻居	众樵夫
众姑娘	众小伙
女孩	众宾客

第一幕

ACTO

PRIMERO

第一场

粉刷成黄色的房间里。

新郎 （进入房间）母亲。

新郎母亲 什么事？

新郎 我走了。

新郎母亲 去哪儿？

新郎 去葡萄园。

　　　　（作势出门。）

新郎母亲 等等。

新郎 您还有事儿？

新郎母亲 儿子，带上午饭。

新郎 您别弄了。我吃葡萄就行。您把那折刀给我吧。

新郎母亲 要刀干吗？

新郎 （笑）割葡萄呀。

新郎母亲 （一边找刀子一边咬牙切齿地说）刀子，刀子……所有的刀子，连同那个发明刀子的混蛋，统统都该受诅咒。

新郎 咱们还是聊点儿别的吧。

新郎母亲 还有猎枪、手枪、最小巧的刀子，就连锄头和扬场的叉子都得算上。

新郎 行啦。

新郎母亲 所有能割开人身体的物件儿都该被诅咒。一个正值青春的漂亮小伙儿，出门到葡萄园或橄榄园去，因为那些都是他的，是他正经承继下来的……

新郎 （低下头）您别说了。

新郎母亲 ……可那小伙儿再也没回来。就算回来，也是为了让人在他身上盖上棕榈叶，或撒上一盘子粗盐，好让那躯体不会肿胀起来。我不明白你怎么还敢把刀子带在身上，也搞不懂我自己怎么还会把那种蛇蝎之物藏在箱子里。

新郎 说够了吧？

新郎母亲 就算活上一百年，我也不会去聊别的事儿。先是你爹，那个散发着石竹气息的男人，我只跟他过了短短三年的时间。然后就是你哥。像手枪或折刀那样的小东西就能让一个体壮如牛的男人丢掉性命，这公平吗？这可能吗？我才不会闭嘴呢。日子一天天过去，绝望刺痛我的双眼，甚至灼烧着我的头发梢儿。

新郎 （大声地）咱们能不能不说了？

新郎母亲 不。我们就是要说。有谁能把你爹给我带回来？或者把你哥带回来？事后倒是有人坐了牢。可坐牢又怎么样呢？人家在牢里照样吃饭，抽烟，居然还奏乐！而我那死去的亲人却再也说不了话，变成长满草的尘土；两个如同天竺葵般的男子汉啊……而凶手呢，在牢里活蹦乱跳地观山景……

新郎 那么您是想让我去把他们都杀了？

新郎母亲 不……我那么说是因为……看着你走出那扇门我怎么能啥也不说？我就是不想让你带刀子。因为……我根本就不愿意让你到野地里去。

新郎 （笑）得了吧！

新郎母亲 我宁愿你是个女人。那样你这会儿就不用上街，咱们俩一起绣绣花边和毛线小狗也挺好。

新郎 （挽住母亲的胳膊，笑道）母亲，要不我带您一道去葡萄园得了？

新郎母亲 一个老太婆在葡萄园能干点儿啥呀？你要让我钻到葡萄藤下去吗？

新郎 （把母亲抱了起来）大娘，阿婆，老太太。

新郎母亲 你爹那时候确实是带我去的。那样才能好好地开枝散叶，延绵血脉。你爷爷可是四处留种。这让我高兴。是男人就该有男人样儿，就好比是麦子就得撒麦种。

新郎 那我呢，母亲？

新郎母亲 你？你怎么了？

新郎 我还需要再说一遍吗？

新郎母亲 （严肃地）啊！

新郎 是她对您不好吗？

新郎母亲 那倒不是。

新郎 那又是怎么回事儿？

新郎母亲 我自己都不知道。就是这样，突然就让我觉得意外。我知道那姑娘人不错。不是吗？端庄，勤快，缝衣做饭样样都行，可是，每当我叫出她的名字，就总感觉额头上挨了一石头。

新郎　净瞎说。

新郎母亲　还真是我胡说八道了。还不是因为我老是一个人待着。我现在就只有你了，你离开我就会很难过。

新郎　可您可以来跟我们一起过啊。

新郎母亲　不行啊。我可不能把你爹和你哥孤零零地扔在这儿。我每天早上都得过去一趟，要是我走了，那杀人作恶的费利克斯一家要是有人死了的话就能轻易入土了。那可不行！怎么可能！门儿都没有！因为就算用指甲挖我也要把他们挖出来，我一个人也能把他们都碾成泥。

新郎　（大声地）又来了。

新郎母亲　对不住了。（停顿）你跟那姑娘处了多长时间了？

新郎　三年了。我都已经能把葡萄园买下来了。

新郎母亲　三年了。她曾经有个相好的，对不对？

新郎　我不知道。我觉得没有吧。姑娘们都得看好了她们要跟谁成亲。

新郎母亲　当然。我那会儿就谁都没看。我眼里只有你爹，等他被人杀死了，我眼里就只有对面的墙了。一个女人配一个男人，就是这么回事儿。

新郎　您知道我未婚妻是个好姑娘。

新郎母亲　对此我毫不怀疑。不管怎么说，我还是觉得遗憾，因为我不了解她妈是个怎样的人。

新郎　那又有什么要紧？

新郎母亲　（望着新郎）儿啊。

新郎　您要干吗？

新郎母亲　对呀！你说得有道理！那你想让我啥时候去提亲?

新郎　（高兴地）您觉得星期天行吗?

新郎母亲　（一本正经地）我要把那对黄铜耳坠给她带去，那可是老物件儿，然后你再给她买……

新郎　这方面您更懂行……

新郎母亲　你给她买几双抽纱绣花的长袜，再给你自己置办两套……三套衣裳! 毕竟我就只有你这一根独苗了!

新郎　我走了。明天我去看她。

新郎母亲　对啊对啊，你爹没有让我生出几个孩子，我倒要看看，你能不能给我生出六个孙辈，或者你想生多少就生多少，好让我高兴高兴。

新郎　第一个准是给您生的。

新郎母亲　那是当然，不过还是得有孙女啊。我喜欢绣花儿、织花边儿，喜欢静静地待着。

新郎　我敢肯定您一定会喜欢我未婚妻的。

新郎母亲　我当然会喜欢她的。（走上前亲吻儿子，然后不满道）啊呀，你都这么大个子了，亲你都够不到了啊。把这些亲吻转达给你的女人吧。（停顿。走开）等你能那么做的时候。

新郎　我走了啊。

新郎母亲　磨坊那边那块儿地你侍弄得可不算太精心，这回得好好翻一翻啊。

新郎　遵命!

新郎母亲　上帝保佑你。（新郎离开。母亲背对着门坐着。门口出现了一位女邻居，身穿黑衣，戴着头巾）进来吧。

女邻居　你好吗?

新郎母亲　你这不瞧见了吗。

女邻居　我沿街下来去商店，顺便来看看你。咱俩家离得可太远啦!

新郎母亲　我都有二十年没爬坡去街的那一头了。

女邻居　你气色不错。

新郎母亲　你这么觉得?

女邻居　事情总得翻篇儿啊。前两天我邻居的儿子被人送了回来，两条胳膊都被机器轧断啦。

（坐了下来。）

新郎母亲　是拉法埃尔吗?

女邻居　对呀，就是他啊。有好多回，我都在想你的儿子和我的儿子最好还是老老实实地待着别动地方，该睡觉睡觉，该休息休息，这样就不至于变成没用的残废了。

新郎母亲　闭嘴吧。那些不过是些妄想，根本没法让人宽心。

女邻居　唉!

新郎母亲　唉!

（停顿。）

女邻居　（忧伤地）你儿子呢?

新郎母亲　出去了。

女邻居　他最终还是把葡萄园买下来了啊!

新郎母亲　他运气还不错。

女邻居　现在他要成亲了。

新郎母亲　（如梦方醒一般，将椅子挪到女邻居的椅子旁边）喂。

女邻居　（神秘兮兮地）你说吧。

新郎母亲　你认识我儿子的那个未婚妻吗?

女邻居　是个好姑娘!

新郎母亲　没错，不过……

女邻居　不过没有一个人能跟她深交。她一个人跟她爹住，那大老远的，离他们最近的人家也都隔着几十里地呢。可她是个好姑娘。习惯独来独往。

新郎母亲 那她妈呢？

女邻居 她妈我可认识，是个美人儿，脸盘儿漂亮得就像个仙女儿，可是我一点儿都不喜欢她妈。她妈根本就不爱她爹。

新郎母亲 （大声地）噢，你们这些人知道人家多少事儿呀！

女邻居 不好意思，我并没想冒犯谁，可那就是事实呀。如今要问她妈那时是不是正派规矩，没人能说出个子丑寅卯。其实从来也没人叨叨过这个。她妈可是个骄傲的女人。

新郎母亲 说来说去都是那一套！

女邻居 是你问起来的。

新郎母亲 甭管是活着的闺女还是死了的妈，居然就没人熟悉那母女俩。她们就像两棵刺儿菜，根本没人会指名道姓地提起，但是到时候就会刺人一下子。

女邻居 你说得没错儿。你儿子可是真不错。

新郎母亲 是不错。所以我一直小心看顾着他。我怎么听说那个姑娘以前有过一个相好的？

女邻居 她那会儿也就十五岁吧。她那个相好的两年前就成亲了，而且娶的还是那姑娘的一个表姐。都没人还记得他俩相好过。

新郎母亲 那你怎么还记得？

女邻居 是你问起来了嘛！

新郎母亲 每个人都想知道那些让自己烦恼的事儿。那个相好的到底是谁呀？

女邻居 莱昂纳多。

新郎母亲 哪个莱昂纳多呀？

女邻居 就是费利克斯家的莱昂纳多呀。

新郎母亲 （站起身来）费利克斯家的！

女邻居 大姐啊，莱昂纳多又有啥过错啊？你们两家间出事那会儿，他才只有八岁啊。

新郎母亲 那倒是……可我一听是费利克斯家的就觉得他们都是一路货（咬牙切齿地），一提"费利克斯"我就像吃了一嘴的泥巴，（啐了一口）我得啐出来，我一定得啐出来才不至于去杀人。

女邻居 你还是忍着点儿吧。你这样又能得到什么呢？

新郎母亲 是什么也得不到。不过这事儿你都明白。

女邻居 你可别反对你儿子的好事儿啊。什么也别跟他说。你老了，我也一样。你我都该闭上嘴，啥也别说。

新郎母亲 我不会跟他说什么的。

女邻居 （亲吻着她）啥也别说。

新郎母亲 （严肃地）这事儿闹得！……

女邻居 我走了，我家里人就快从地里回来了。

新郎母亲 你看见这天儿有多热了吧？

女邻居 给那些麦客们送水的小子们都晒得黢黑黢黑的了。回见了，大姐。

新郎母亲 回见。

（母亲走向左侧的门。途中停了下来，慢慢画起了十字。）

幕　落

第二场

　　粉刷成粉红色的房间里。墙壁上挂着装饰用的铜盘和民间常见的花束。房间中央摆着一张铺着桌布的桌子。早晨。

　　（莱昂纳多的岳母怀抱幼儿，轻轻摇晃着。莱昂纳多的妻子在房间的另一个角落处织着长袜。）

岳母　小宝宝，睡觉觉，
　　　大马不想喝水水。
　　　水流枝间黑黢黢，
　　　停到桥旁便放歌。
　　　小宝宝，谁来说，
　　　水中到底有什么？
　　　流波曳痕尾长长，
　　　倏尔淌过绿厅堂。

莱妻　（低声地）
　　　快睡吧，石竹花，
　　　否则马儿不饮浆。

岳母　快睡吧，玫瑰花，
　　　否则马儿泪汪汪。
　　　蹄儿伤，鬃成霜，
　　　眼中匕首闪银光。
　　　一朝待要下河去，
　　　可叹如何下得去！
　　　鲜血汩汩淌，

潺潺胜水流。

莱妻　快睡吧，石竹花，
　　　否则马儿不饮浆。

岳母　快睡吧，玫瑰花，
　　　否则马儿泪汪汪。

莱妻　马儿唇，热烘烘，
　　　银蝇围绕亮晶晶。
　　　河堤岸，湿漉漉，
　　　马儿不愿相碰触。
　　　喉间未遭活水润，
　　　唯向崇山鸣萧萧。
　　　啊，高大的马儿呀，
　　　死活不肯把水喝！
　　　啊，黎明的马儿呀，
　　　恰如饮痛白雪间！

岳母　别来！停步，
　　　用梦的枝条，
　　　用枝条的梦，
　　　将窗扉紧闭。

莱妻　我的宝宝要睡觉。

岳母　宝宝不哭也不闹。

莱妻　马儿呀，
　　　我的宝宝拥枕眠。

岳母　带钢架的摇篮。

莱妻　细麻布的褥垫。

岳母　小宝宝，睡觉觉。

莱妻　啊，高大的马儿呀，

　　　死活不肯把水喝！

岳母　别来！别进来！

　　　你且去山间。

　　　灰色谷地里，

　　　有你的小马驹。

莱妻　（看着）

　　　我的宝宝要睡觉。

岳母　我的宝宝要歇息。

莱妻　（低声地）

　　　快睡吧，石竹花，

　　　否则马儿不饮浆。

岳母　（站起身来，很小声地）

　　　快睡吧，玫瑰花，

　　　马儿就要泪汪汪。

　　　（二人将孩子抱进屋里。莱昂纳多进来。）

莱昂纳多　孩子呢？

莱妻　睡着了。

莱昂纳多　咋天他不舒服。晚上都在哭。

莱妻　（高兴地）今天他就全好了。你呢？到钉掌匠家去了吗？

莱昂纳多　我就是从那儿回来的。说来你可能都不信，我已经花了两个多月时间给马上新掌，可新蹄铁总是掉下来。看起来是石头让蹄铁脱落下来的。

莱妻　会不会是你用得太狠啦？

莱昂纳多　没有。我几乎都没怎么用。

莱妻　昨天邻居们跟我说在平原边上看到了你。

莱昂纳多　谁说的？

莱妻　那些去摘刺山柑的女人。这话还真是让我吃了一惊。那是你吗？

莱昂纳多　不是。我到那片干旱之地去干什么呀？

莱妻　我也是这么说呀。但马儿可是全身都被汗湿透了。

莱昂纳多　你看到那匹马了？

莱妻　我没看见。是我妈瞧见了。

莱昂纳多　她正跟孩子待在一块儿吗？

莱妻　是的。你想来一杯柠檬水吗？

莱昂纳多　得加冰凉的水啊。

莱妻　你怎么没回来吃饭呢？

莱昂纳多　我跟那些贩麦子的人在一块儿呢。他们一向都拖拖拉拉的。

莱妻　（一边准备饮料一边温柔地说）他们出价还算不错吧？

莱昂纳多　挺合适。

莱妻　我需要一条裙子，孩子缺一顶带花结的帽子。

莱昂纳多　（站起身）我去看看孩子。

莱妻　你小心点儿，孩子已经睡了。

岳母　（出来）可是，到底是谁骑马跑了那么些路？它就在下边躺着，直翻白眼儿，就像是从世界尽头跑回来的。

莱昂纳多　（生硬地）是我。

岳母　抱歉，反正那马是你的。

莱妻　（怯怯地）他那会儿跟那些贩麦子的人在一块儿呢。

岳母　马就是跑死了，我也无所谓。

　　　　（坐下来。停顿。）

莱妻　冷饮凉不凉？

莱昂纳多　凉。

莱妻　你知道有人要向我表妹提亲了吗？

莱昂纳多　什么时候？

莱妻　明天。婚礼一个月后就办。我希望他们能请咱们去。

莱昂纳多　（严肃地）我不知道。

岳母　我倒是觉得男方的妈妈对这门亲事不是很满意。

莱昂纳多　没准儿她是对的呢。对那女的确实应该加点儿小心。

莱妻　我不喜欢你们总把一个好姑娘往坏处想。

岳母　可他那么说是因为他认识那丫头。（故意地）你没见那丫头曾
　　　跟他相好了三年时间吗？

莱昂纳多　可我已经把她甩了。（对他的妻子）你这是要哭了吗？

莱妻　起开！（猛地把他抚摸她脸的手拨开）咱们去看看孩子吧。

　　　（两人相拥着走进去。姑娘出场，欢快地跑了进来。）

姑娘　太太。

岳母　怎么了？

姑娘　那个新郎去了商店，把店里最好的东西全都给买走了。

岳母　他是一个人来的？

姑娘　不是，是跟他母亲一道来的。他母亲个子高高的，板着个脸。
　　　（模仿新郎母亲的样子）但是，出手可真是阔气啊！

岳母　他们确实有钱。

姑娘　他们居然买了抽纱挑花的袜子！啊，多棒的袜子呀！是所有
　　　女人都梦想拥有的袜子！您看啊：（指着脚踝处）这儿有一只
　　　燕子，（指着腿肚子处）这儿有一条小船儿，（指着大腿处）这儿
　　　还有一朵玫瑰花。

岳母　丫头！

姑娘　那玫瑰还带着花籽儿和花梗儿呢！啊呀，都是真丝的啊！

岳母　人家那是两家财就要合成一家财了。

（莱昂纳多和妻子上场。）

姑娘　我来告诉你们他们都买了些啥。

莱昂纳多　（大声地）我们才不关心呢。

莱妻　让她说呗。

岳母　莱昂纳多，不至于这样吧。

姑娘　请您原谅。

（快哭出来的样子。）

岳母　你用得着跟人家发这么大脾气吗?

莱昂纳多　我又没问您的意见。

（坐下来。）

岳母　好啦好啦。

（停顿。）

莱妻　（对莱昂纳多）你怎么回事儿? 你脑子里到底在琢磨什么? 你
　　可别这样让我蒙在鼓里，啥事儿都不知道……

莱昂纳多　你走开。

莱妻　我不。我要你看着我，跟我说清楚。

莱昂纳多　少来烦我。

（站起身来。）

莱妻　你要去哪儿，亲爱的?

莱昂纳多　（生硬地）你能不能闭嘴?

岳母　（激动地，对她的女儿）别说了! （莱昂纳多下场）孩子!
　　（进去，抱着孩子又出来。莱妻站在那里，一动不动）
　　蹄儿伤，鬃成霜，
　　眼中匕首闪银光。
　　一朝待要下河去，
　　可叹如何下得去!

鲜血汩汩淌，

湍湍胜水流。

莱妻 （缓缓转过身，如在梦中）

快睡吧，石竹花，

马儿好去饮琼浆。

岳母 快睡吧，玫瑰花，

否则马儿泪汪汪。

莱妻 小宝宝，睡觉觉。

岳母 啊，高大的马儿呀，

死活不愿把水喝！

莱妻 （充满激情地）

别来！别进来！

你且去山间！

啊，黎明的马儿呀，

恰如饮痛白雪间！

岳母 （哭泣着）

我的宝宝要睡觉……

莱妻 （哭着，慢慢走近自己的母亲）

我的宝宝要歇息……

岳母 快睡吧，石竹花，

马儿好去饮琼浆。

莱妻 （哭着倚靠在桌边）

快睡吧，玫瑰花，

否则马儿泪汪汪。

幕 落

第三场

　　新娘居住的窑洞内。窑洞深处有一座用大朵粉红色花朵做成的十字架。圆形房门上挂着的门帘都镶着粉红色的花边和蝴蝶结。墙壁坚硬洁白，装饰着团扇、蓝色的罐子和小镜子。

女仆　请进……（非常和蔼亲切，透着装模作样的谦卑。新郎与其母上场。母亲身穿黑色缎子的衣服，戴着镶花边的头巾。新郎身穿黑色灯芯绒的衣服，戴着大金链子）两位先坐吧，他们这就来。

　　（下场。母子二人坐在那里，就像两尊塑像。长时间的停顿。）

新郎母亲　你带表来了吗？

新郎　带了。

　　（掏出表来看。）

新郎母亲　咱们得按时回去。这些人住得实在是太远了！

新郎　不过这些地倒都是好地。

新郎母亲　是好地，不过太偏远了。咱们走了足足四个钟头，一路上连一处房子、一棵树都没有。

新郎　这都是些旱地。

新郎母亲　要是你爹，早就把这儿都种上树了。

新郎　没有水？

新郎母亲　他会去找水呀。我俩成亲后那三年时间里，他种了十棵樱桃树呢。（陷入回忆）还有磨坊那边的三棵胡桃树，一整座葡萄园和一棵紫薇，那棵紫薇总是开满红色的花朵，可最后也枯死了。

　　（停顿。）

新郎 （意指新娘）她该是在穿衣服呢吧。

（新娘父亲上场。他年事已高，白发苍苍，低垂着头。新郎和
母亲站了起来，默默地与新娘父亲握手。）

新娘父亲 一路上走了好长时间吧？

新郎母亲 四个钟头。

（三人坐下。）

新娘父亲 你们是从那条最远的路过来的。

新郎母亲 我已经上岁数了，没法从河边那些沟沟坎坎的地方走了。

新郎 她会头晕的。

（停顿。）

新娘父亲 这里针茅草的收成还不错。

新郎 确实还不错。

新娘父亲 我年轻那会儿，这片地可是连针茅草都不长啊。还就得
好好整治它一番，直到让它哭出来，才能给我们点儿有用的
东西。

新郎母亲 毕竟现在还是有收成了呀。你就别抱怨了吧。我来这儿
可不是跟你要东西的。

新娘父亲 （微笑着）你可比我富裕啊。那些葡萄园就值一大笔钱
呐。每片葡萄叶都是一枚银币。让我觉得难受的是我那些
地……您明白吗？……我那些地块儿还没连在一起。我希望所
有的地都能连成一整块儿。我的那几片土地中间有一个小菜园，
简直就是我心里头扎的一根刺儿，就算我拿出全世界所有的金
钱，人家也不肯卖给我。

新郎 这种事儿总会有的。

新娘父亲 要是咱们能用二十对耕牛把你的葡萄园拉到这儿放到山
坡上，那该让人多高兴啊！

新郎母亲　干吗要这样？

新娘父亲　我的一切都是闺女的，你的一切都是儿子的，所以要这样呀。为了看到土地都归到一处，地都连成一片那才叫美呢！

新郎　没准儿干活也省事儿了呢。

新郎母亲　等我死了，你们把我们那边的地卖了，在这旁边再置一块。

新娘父亲　要卖，要卖呀！咳！再买，嗯，要都买下来。我要是有儿子，早就把直到河边的那整座山都买下来了。尽管不是什么好地，但靠双手还是能让它变成良田，而且因为没人打这儿过，就不会有人偷你的果子，你可以安心地睡大觉。

　　（停顿。）

新郎母亲　你清楚我是为什么事儿来的。

新娘父亲　对。

新郎母亲　怎么样？

新娘父亲　我觉得挺好。他们都已经说过这事儿了。

新郎母亲　我儿子有钱又能干。

新娘父亲　我闺女也一样。

新郎母亲　我儿子长得英俊。他从来都不认识什么女人，名声比晾在太阳下的床单还要干净。

新娘父亲　我闺女也是没说的。早上三点启明星刚升起的时候就起来做炒面包糠。从来不多话，性子像羊毛般柔软，会绣各式花样儿，牙口好得连粗绳子都能咬断。

新郎母亲　上帝保佑你们一家。

新娘父亲　愿上帝保佑。

　　（女仆端着两个托盘上场。一个放着酒杯，另一个放着甜品。）

新郎母亲　（对儿子）你们想什么时候举行婚礼？

新郎　下星期四。

新娘父亲　到那天我闺女刚好满二十二岁。

新郎母亲　二十二岁。要是我大儿子活着也该是这个年纪了。要不是人们造出了刀子，他还会像以前那样活着，是个大好的热血汉子呢。

新娘父亲　这些事儿就不要再想了。

新郎母亲　我每时每刻都在想。你要是能好好想想，也会赞同我这么做。

新娘父亲　那就星期四。是这样吧？

新郎　没错儿。

新娘父亲　新人和我们都乘车去教堂，那教堂可不近啊，其他陪同的人可以乘坐他们来时各自骑乘的车马。

新郎母亲　就这么办吧。

　　（女仆走过。）

新娘父亲　告诉她可以进来了。(对新郎母亲)你要是喜欢她，我可就太高兴了。

　　（新娘上场。她谦恭地垂着双手，低着头。）

新郎母亲　过来。你高不高兴？

新娘　高兴。夫人。

新娘父亲　你不该那么严肃呀。说到底她就要成为你婆婆了呀。

新娘　我挺高兴的呀。我答应了就是因为我真的愿意。

新郎母亲　那是自然。(托起新娘的下巴)看着我。

新娘父亲　她跟我老婆长得别提有多像了。

新郎母亲　是吗？这眼神儿真是动人！孩子，你可知道结婚是怎么一回事儿吗？

新娘　（严肃地）我知道。

新郎母亲　一个男人，几个孩子，其余的也就是一道两米宽的墙了。

新郎　难道还需要什么别的吗？

新郎母亲　不需要了。不过所有人都得活下来，没错！要大家都活着！

新娘　我会尽我的本分。

新郎母亲　这儿有一些礼物送给你。

新娘　谢谢。

新娘父亲　咱们不吃点儿喝点儿吗？

新郎母亲　我不用。（对新郎）你呢？

新郎　我来点儿吧。

　　　　（新郎吃了一块甜点。新娘也吃了一块。）

新娘父亲　（对新郎）葡萄酒？

新郎母亲　他不沾酒的。

新娘父亲　那再好不过！

　　　　（停顿。所有人都站着。）

新郎　（对新娘）我明天再来。

新娘　几点钟？

新郎　五点钟。

新娘　那我等你。

新郎　我从你身边离开时，会有一种没着没落的感觉，嗓子就像被什么东西堵住了一样。

新娘　等你成了我丈夫就不会这样了。

新郎　我也这么想。

新郎母亲　咱们走吧。日头可不等人。（对新娘父亲）那一切就都说定了？

新娘父亲　说定了。

新郎母亲 （对女仆）再见了，妹子。

女仆 愿上帝与你们同在。

（新郎母亲亲吻了新娘，然后两人默默地向外走。）

新郎母亲 （在门口）再见了，孩子。

（新娘挥手回应。）

新娘父亲 我送送你们。

（三人下场。）

女仆 我好想瞧瞧那些礼物啊。

新娘 （生硬地）走开。

女仆 啊呀，姑娘，就给我看看嘛！

新娘 我不乐意。

女仆 哪怕就看看袜子也行啊。听说都是抽纱绣花的呢，姑娘！

新娘 哼，不行！

女仆 上帝啊！好吧。看起来你根本就不想成亲啊。

新娘 （气得咬自己的手）啊！

女仆 姑娘，孩子啊，你怎么啦？你是为要抛下你这女王的生活而难受吗？别再想那些糟心事儿了。你有啥缘故要这样啊？一个都没有哇。咱们还是来看看礼物吧。

（拿起盒子。）

新娘 （一把抓住女仆的手腕）放下。

女仆 啊呀，你这丫头！

新娘 我说了，放下。

女仆 你这把子力气简直赛过男人。

新娘 我难道没干过男人干的活儿吗？我倒宁愿是个男人！

女仆 你可别这么说！

新娘 我叫你别说了。咱们聊聊别的事情吧。

（舞台上的灯光渐渐暗下去。长时间的停顿。）

女仆　昨晚你没觉察到有匹马来了吗？

新娘　什么时候？

女仆　三点钟的时候。

新娘　也许是一匹跟马群跑散的马。

女仆　才不是呢。有人骑着呢。

新娘　你怎么知道的？

女仆　因为我看见了啊。就停在你的窗户跟前。真是让我大吃一惊
　　　呢。

新娘　不会是我的未婚夫吧？有时候他会在那个时辰过来。

女仆　不是。

新娘　你看见那人了？

女仆　没错儿。

新娘　他是谁？

女仆　是莱昂纳多。

新娘　（厉声地）胡说！胡说！他来这儿干什么？

女仆　反正他来了。

新娘　闭嘴！你那挨千刀的舌头！

　　　（传来马儿发出的声响。）

女仆　（在窗口）快看，你探头瞧瞧。是他吧？

新娘　是他！

幕急落

第二幕

ACTO
SEGUNDO

第一场

新娘家的门厅。门在舞台深处。晚间。新娘出场，身穿有褶纹的白色衬裙，衬裙上满是花边和刺绣图案，上身着一件白色紧身背心，胳膊裸露着。女仆装束不变。

女仆 我还是在这儿给你把头梳完吧。

新娘 那里面真是热得让人待不住啊。

女仆 在这地方大清早的也不见凉快。

（新娘坐到一把低矮的椅子上，盯着手里举着的一面小镜子。女仆给她梳头。）

新娘 我妈妈的家乡有很多树木。那里的土地也很肥沃。

女仆 所以她才总是高高兴兴的!

新娘 却在这里被耗干了。

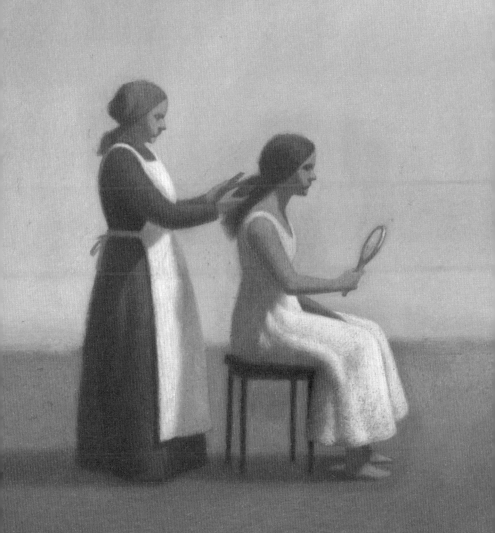

女仆　这就是命啊。

新娘　我们女人最后都得这样被耗干。那些墙壁简直是在喷火。哎哟！你别拽那么狠呀。

女仆　我是为了把这个发卷儿梳得更好一些。我想让它垂到脑门儿上。（新娘照了照镜子）啊呀！你可太漂亮了！

　　　（激动地亲吻新娘。）

新娘　（严肃地）你还是接着给我梳吧。

女仆　（给新娘梳头）你这就要去拥抱一个男人了，亲吻他，感受他的重量，你可真是太幸福了！

新娘　别说了。

女仆　当你醒来时，会发现他就在你身边，他的鼻息拂过你的肩头，如同用夜莺的一根羽毛轻轻摩挲，那才是最美妙的事情！

新娘　（厉声地）你到底想不想闭嘴？

女仆　可是丫头，婚礼还能是什么呢？一场婚礼就是这么回事儿，难道还能是甜点？或是花束？才不是哩。婚礼就是一张光芒四射的床、一个男人和一个女人。

新娘　可不该说出来。

女仆　说不说的就是另一回事儿了。反正结婚实在是快活呀！

新娘　或者实在是苦涩。

女仆　我要把橙花给你从这儿戴到这儿，这样在梳好的发型上花冠就会显得特别出挑好看。

　　　（给新娘试戴橙花花冠。）

新娘　（照镜子）拿过来吧。

　　　（接过橙花花冠，凝视着它，沮丧地垂下了头。）

女仆　这是怎么了？

新娘　别管我。

女仆 现在可不是伤心的时候。(兴致勃勃地)快把花冠拿过来。(新娘把橙花花冠扔到地上)丫头！把花冠扔地上你是在作孽吗？抬起头来！你是不愿意成亲吗？说呀，这会儿你还能反悔。

(新娘站起来。)

新娘 一时的气恼而已。心底深处闪出的疑惑，谁会没有呢？

女仆 你到底爱不爱你的未婚夫呀？

新娘 我爱他。

女仆 是呀，是呀，我也可以肯定。

新娘 可这毕竟是非同小可的一步啊。

女仆 这一步总归还是得走啊。

新娘 我已经应承了。

女仆 我给你把花冠戴上吧。

新娘 (坐下)快点儿吧，他们应该快到了。

女仆 他们在路上得走起码两个钟头呢。

新娘 从这儿到教堂有多远啊？

女仆 沿着河边走有五十多里，要是沿着大路走那就得翻倍了。

(新娘站起来，女仆看到她的样子兴奋起来。)

女仆 新娘子，快醒来，

在这婚礼的清晨。

让这世上的河流，

携着你的花冠游。

新娘 (微笑着)咱们走吧。

女仆 (热情洋溢地亲吻新娘，围着她跳起舞来)

醒来吧，

戴上常绿的桂枝，

缀满花朵。

醒来吧，

傍着月桂的虬干，

枝丫旁生。

（传来几声叩击门环的声音。）

新娘　去开门吧！应该是最先到的客人们。

（新娘下场。女仆开门后大吃一惊。）

女仆　是你？

莱昂纳多　是我。日安！

女仆　你是头一个！

莱昂纳多　难道没请我吗？

女仆　请了。

莱昂纳多　所以我来了啊。

女仆　你媳妇儿呢？

莱昂纳多　我是骑马来的。她沿着路走过来。

女仆　你没碰见什么人吗？

莱昂纳多　我骑着马超过他们了。

女仆　跑那么快，你会让那牲口送命的。

莱昂纳多　该死的时候就死呗！

（停顿。）

女仆　请坐吧。都还没起床呢。

莱昂纳多　新娘子呢？

女仆　我这会儿正要给她穿衣服去呢。

莱昂纳多　新娘子！她挺高兴的吧！

女仆　（转移话题）孩子怎么样啊？

莱昂纳多　什么孩子？

女仆　你儿子。

莱昂纳多　（如梦方醒）哦!

女仆　带他来了吗?

莱昂纳多　没有。

　　（停顿。从远处传来歌声。）

歌声　醒来吧，新娘子，

　　　　在这婚礼的清晨!

莱昂纳多　醒来吧，新娘子，

　　　　　　在这婚礼的清晨。

女仆　是参加婚礼的人们。他们离这儿还远着呢。

莱昂纳多　（起身）新娘会戴一顶大花冠，是不是? 其实花冠不该太

　　　　大。小一点儿的她戴着会更合适。新郎官儿是不是把要戴在她

　　　　胸前的橙花也送来了?

新娘　（上场，仍穿着衬裙，头上戴着橙花花冠）他送来了。

女仆　（厉声地）你别这个样子就出来呀。

新娘　这有什么打紧?（严肃地）你干吗要问橙花有没有给送来? 是

　　　　有什么企图吗?

莱昂纳多　绝没有。我能有什么企图呀?（走上前）你是了解我的，

　　　　知道我没有什么恶意。你给我说说看，对你来说，我曾经算是

　　　　什么人? 开启你的记忆，好好想清楚。两头牛和一间破草房，

　　　　基本上就是一无所有。这就是问题所在。

新娘　你来干什么?

莱昂纳多　来见识一下你的亲事。

新娘　你的亲事我可早就见识过了!

莱昂纳多　那还不是因为你，是你亲手造成的。我这个人可杀但不

　　　　可辱。可是闪闪发光的银钱有时却能让人受尽侮辱。

新娘　胡说!

莱昂纳多　我并不想说，因为我是个有血性的男人，我才不想让不相干的家伙听到我说的话呢。

新娘　我说的话反倒要更大声呢。

女仆　这些话可不能再说下去了。你不能再提过去的事情了。

　　　（慌张地向门口处张望。）

新娘　她说得对。我根本就不该跟你搭腔。可一想到你跑来见我，窥探我的亲事，还故意问起橙花的事情，就让我怒火中烧。你滚吧，到门口等你老婆去吧。

莱昂纳多　你我就不能好好谈谈吗？

女仆　（愤怒地）不行。你们不能说话。

莱昂纳多　自打成亲之后，我日日夜夜都在想那到底是谁的错儿，我每次想都能想出一个新的错儿，来取代之前的那个错儿；可总还是会有错儿！

新娘　一个男人骑着他的马，有手段也有能力来欺负一个身处荒野的姑娘。可是我有我的骄傲。所以我要结婚。我要守着我丈夫，要爱他胜过爱一切。

莱昂纳多　骄傲对你来说毫无用处。

　　　（靠近新娘。）

新娘　你别过来！

莱昂纳多　默默地受煎熬是我们能给自己的最大惩罚。带着傲气，不见你，让你整夜整夜地睡不着，这些对我有什么用？什么用都没有！只能让我如火焚身！因为你相信时间可以治愈，墙壁遮蔽一切，可那不是真的，根本不是真的。一旦事情到了那一步，任谁也没法儿将它们改变了！

新娘　（颤抖着）我听不见你！我听不见你的声音。就好像我喝了一瓶茴香酒，又睡倒在玫瑰花床上。我被拖着走，我明白我会憋死，可我还是要跟着走。

女仆 （揪住莱昂纳多的领子）你现在赶紧离开！

莱昂纳多 我这是最后一次跟她讲话了。你用不着担心。

新娘 我知道我已经疯了，我知道忍耐已让我的胸腔溃烂，但我却
仍在这里平静地听他说话，看着他舞动双臂。

莱昂纳多 要是不告诉你这些事情，我就不会心安。我已经娶妻。
现在你也嫁人吧。

女仆 （对莱昂纳多）她就是要嫁人了！

歌声 （在更近的地方唱道）

　　醒来吧，新娘子，

　　在这婚礼的清晨。

新娘 醒来吧，新娘子！

　　（跑向她的房间。）

女仆 人都已经到了。（对莱昂纳多）你可别再接近她了。

莱昂纳多 放心吧。

　　（从左侧下场。天开始亮起来。）

姑娘甲 （上场）

　　醒来吧，新娘子，

　　在这婚礼的清晨；

　　欢庆的人们走四方，

　　各个阳台上饰花冠。

歌声 醒来吧，新娘子！

女仆 （鼓动欢庆的气氛）

　　醒来吧，

　　戴上常绿的桂枝，

　　缀满花朵。

醒来吧，

傍着月桂的虬干，

枝丫旁生。

姑娘乙 （上场）

醒来吧，

秀发长又长，

衬衣白如雪，

银饰漆皮靴，

额前茉莉香。

女仆 啊，牧羊的姑娘，

月亮可探出头来了！

姑娘甲 啊，帅气的小伙，

把帽子留在橄榄园！

小伙甲 （高举着礼帽上场）

醒来吧，新娘子，

田间走来迎亲人，

婚礼庆典闹喧天，

托盘奉上大丽花，

还有面包炫福耀。

歌声 醒来吧，新娘子！

姑娘乙 新娘子

头上戴着白色花冠，

新郎官

为她系上金色丝线。

女仆 柠檬草飘香，

新娘实在难以入眠。

姑娘丙 （上场）

　　　　走过甜橙园，

　　　　新郎赠她餐勺桌布。

　　　　（三位宾客上场。）

小伙甲　醒来吧，鸽子，

　　　　黎明让钟声

　　　　摆脱暗影的笼罩。

宾客　新娘子，纯洁的新娘子，

　　　　今日尚为处子身，

　　　　明朝已作他人妇。

姑娘甲　下来吧，黑发的姑娘，

　　　　拖曳着你的丝绸裙裾。

宾客　下来吧，黑发小姑娘，

　　　　清冷的早晨露珠如雨。

小伙甲　醒来，夫人，醒来吧，

　　　　橙花雨落随风来。

女仆　我愿为她绣棵树，

　　　　树上挂满红丝带，

　　　　条条丝带绣爱意，

　　　　祝福欢呼周边绕。

歌声　醒来吧，新娘子。

小伙甲　婚礼的早晨！

宾客　婚礼的早晨，

　　　　你该有多美丽；

　　　　如长官的娇妻，

　　　　如花朵在山冈。

新娘父亲 （上场）

> 长官的娇妻，
>
> 新郎娶回家。
>
> 带着耕牛来，
>
> 求得宝贝归。

姑娘丙　新郎官

> 好似黄金花朵；
>
> 行走间，
>
> 石竹追随盛开。

女仆　啊，我那幸福的小姑娘！

小伙乙　醒来吧，新娘子。

女仆　啊，我那漂亮的俏丫头！

姑娘甲　迎亲的人们啊，

> 呼唤声透过窗棂。

姑娘乙　出来吧，新娘子。

姑娘甲　出来吧，出来吧！

女仆　钟声快响起，

> 敲呀敲不停。

小伙甲　快到这儿来！快出来吧！

女仆　公牛蓄势待发，

> 婚庆就要开场！

> （新娘上场。她身穿1900年间时兴的黑色套装，胯部和裙裾都装饰着薄纱褶皱和硬花边。按照刘海儿上翻发式梳好的头发上戴着橙花花冠。吉他声响起。姑娘们亲吻新娘。）

姑娘丙　你头发上洒了什么香水？

新娘　（笑着）什么香水也没洒。

姑娘乙 （端详着新娘的衣服）这料子真是难得一见啊。

小伙甲 新郎来了！

新郎 大家好啊！

姑娘甲 （将一朵花插在新郎耳边）

　　　　　新郎官

　　　　　好似黄金花朵。

姑娘乙 安详恬适的光彩

　　　　　在他双眼中流转！

　　　（新郎走向新娘的身边。）

新娘 你怎么穿了那双鞋啊？

新郎 这比黑色的更喜庆呀。

莱妻 （上场并亲吻新娘）你好！

　　　（所有女人都叽叽喳喳地说笑。）

莱昂纳多 （上场，就像要完成一项任务）

　　　　　在这新婚的早晨，

　　　　　我们为你戴花冠。

莱妻 让你发梢的露水

　　　　使这田野展欢颜。

新郎母亲 （对新娘父亲）那些人怎么也在这儿？

新娘父亲 他们是亲戚啊。今天是宽恕的日子！

新郎母亲 我可以忍耐，但我才不会宽恕。

新郎 看你戴着花冠可真让人高兴！

新娘 咱们快到教堂去吧！

新郎 你很着急吗？

新娘 对呀。我盼着成为你的妻子，单独和你在一起，只听到你的
　　　声音。

新郎　那也恰如我所愿！

新娘　我只想看到你的双眼，渴望你用力抱紧我，就算我死去的母亲呼唤我，也无法让我离开你。

新郎　我的双臂健壮有力。我要把你拥入怀，连着抱你四十年。

新娘　（充满激情地抓住新郎的胳膊）永远拥抱我！

新娘父亲　咱们快走吧！骑上马，坐上车！太阳已经出来了。

新郎母亲　你们可都当心点儿！但愿咱们别碰上倒霉事。

　　　　（舞台深处的大门被打开。人们开始退场。）

女仆　（哭泣着）

　　　　纯洁的姑娘，

　　　　当你离家时，

　　　　牢记此番去，

　　　　有如星闪耀。

姑娘甲　出嫁离家时，

　　　　身洁衣裳净。

　　　　（陆续离开。）

姑娘乙　你已离开家，

　　　　直奔教堂行！

女仆　风吹黄沙地，

　　　　漫布花儿香！

姑娘丙　啊，纯洁的姑娘！

女仆　花边饰头巾，

　　　　暗郁笼其间。

　　　　（退场。传来吉他、响板和铃鼓的声音。场上只留下莱昂纳多和他的妻子。）

莱妻　咱们走吧。

莱昂纳多　去哪儿?

莱妻　去教堂呀。不过你别骑马了,还是跟我一起去吧。

莱昂纳多　坐车去吗?

莱妻　还有其他法子吗?

莱昂纳多　我可不是上哪儿都坐车的男人。

莱妻　我也不是去参加婚礼时都没有丈夫陪着的女人。我再也受不
　　了了!

莱昂纳多　我也受不了了!

莱妻　你干吗这样看着我?你每只眼睛里都有一根刺。

莱昂纳多　咱们快走吧!

莱妻　我不知道是怎么回事儿。我暗自琢磨,却又不愿思量。有一
　　件事我是明白的,那就是我已经遭嫌弃了。可我有个儿子,另
　　一个也快降生了。咱们就这样过下去吧。我妈也是同样的命。
　　可是我是不会从这位置离开的。

　　(外面传来歌声。)

歌声　你已离开家,

　　　　直奔教堂行;

　　　　牢记此番去,

　　　　有如星闪耀!

莱妻　(哭泣)

　　　　牢记此番去,

　　　　有如星闪耀!

　　　　我也曾这样离开我的家。那时嘴笑得能装下整片田野。

莱昂纳多　(站起身来)走吧。

莱妻　但是要和我一起走!

莱昂纳多　行。(停顿)你倒是走啊!

（两人退场。）

歌声 你已离开家，
　　　直奔教堂行；
　　　牢记此番去，
　　　有如星闪耀。

幕徐落

第二场

　　新娘居住的窑洞外。白、灰和蓝的冷色调。高大的仙人掌植株。泛着银光的阴郁氛围。一派土黄色的高原景象，一切宛如用民间陶艺塑造出的风景，显得异常坚硬。

女仆 （整理着桌子上的酒杯和托盘）
　　　转呀转圈圈，
　　　水车转不停，
　　　河水潺潺过。
　　　良辰既来临，
　　　树枝请让道，
　　　月亮忙装点
　　　自家白栏杆。
　　　（高声地）

铺上桌布吧！

（凄楚地）

唱呀唱不停，

新人把歌唱，

河水潺潺过。

良辰既来临，

落霜闪银光，

颗颗苦杏仁，

蘸满甜蜜糖。

（高声地）

备上葡萄酒！

（富有诗意地）

标致俊姑娘，

乡野俏佳人，

静观水自流。

因你良辰到，

快把裙裾提，

新郎护佑下，

永远别离家。

新郎如雄鸽，

胸膛如炭烧，

乡野在等待，

血流低语声。

转呀转圈圈，

水车转不停，

河水潺潺过。

良辰既来临，

任水闪银光！

新郎母亲 （上场）终于到了！

新娘父亲 我们是最先到的吗？

女仆 不是。莱昂纳多和他媳妇儿已经到了好一会儿了。他们一路跑得跟鬼似的。跑到的时候那女人简直吓得半死了。他们俩好像是骑马来的。

新娘父亲 那家伙就是在找不痛快。他就不是个好种。

新郎母亲 能是啥好种？他们家族的种呗。打他太爷爷那会儿起，就开始害人性命，这居然还顺着他家邪恶的血脉延续下来。他们家的人都会耍刀子，还个个儿都两面三刀。

新娘父亲 咱们还是甭管了吧！

女仆 您怎么能不管呢？

新郎母亲 我的疼痛连血管的最末端都能感知。面对他们所有人，我看到的只有他们用来杀死我亲人的手。你看见我了吗？你觉得我疯了吗？我要是疯了就是因为没有将我胸中必须发泄的东西都喊出来。我心里一直存着呐喊，要对那个我必须去惩罚、去给他也裹上黑纱的人喊出来。可那人一命归了西，让人只能不再提起。过后人们却还要说三道四。

（脱下大黑披巾。）

新娘父亲 今天可不是你该想起那些事儿的日子。

新郎母亲 既然提起这个话头，我就要说话，今天就更得说了。因为今天家里可就只剩我一个人了。

新娘父亲 马上就能有人陪了。

新郎母亲 那正是我的指望——孙儿们啊。

（二人都坐了下来。）

新娘父亲　我盼着他们能有很多儿子。这片土地需要不花钱的人手。要对付那些杂草、刺儿菜，还有不知从哪儿冒出来的乱石，就跟打仗一个样儿。这些人手就得是土地的主人，能对土地整饬、管理，能让种子发芽生长。需要生很多儿子呀。

新郎母亲　还要有个闺女！儿子们的秉性就跟风一样！他们都不得不去舞刀弄枪，而女孩子们从来都不去街上。

新娘父亲　（高兴地）我相信他们是儿子女儿都会有的。

新郎母亲　我儿子会让她满意的。他精力旺盛着呢。他爹本来可以跟我生很多孩子的。

新娘父亲　我巴不得这事儿一天就能办成，让他们马上就养出两三个棒小伙儿。

新郎母亲　才不会这样呢。这事儿得花上很长时间，所以看到鲜血在地上汩汩流淌才会如此可怕。那汪鲜血流出来只用一分钟，得到它却消耗了我们好多年。当我赶到地方看到了我的儿子，他正躺在街当间儿。我双手沾满了鲜血，我又用舌头将它们舔舐，因为那是我的血。你不明白那是怎么一回事儿。要是有镶水晶和黄玉的圣体匣，我就会在里面装上那浸透鲜血的泥土。

新娘父亲　现在你就等着看吧。我闺女有那丰满多子的样貌，你儿子有那孔武健壮的身板。

新郎母亲　这正如我所愿。

　　（站起身来。）

新娘父亲　准备几托盘的麦子吧。

女仆　已经准备好了。

莱妻　（上场）吉祥如意！

新郎母亲　谢谢。

莱昂纳多　会有庆典活动吗？

新娘父亲　没多少庆典活动。大家都没法耽搁太久。

女仆　他们都来了!

　　　　(宾客们三五成群,兴高采烈地陆续上场。新郎新娘手挽着手上场。莱昂纳多下场。)

新郎　没有哪场婚礼会来这么多人。

新娘　(阴郁地)是没有。

新娘父亲　这婚礼真是太风光了。

新郎母亲　很多都是全家人一起来的。

新郎　还有平时都不出家门的人呢。

新郎母亲　你爹广撒人缘,现在你就能来收获了。

新郎　有些堂兄弟姐妹我之前都还不认识呢。

新郎母亲　那都是从沿海地区来的人。

新郎　(高兴地)他们都被马儿给吓坏了。

　　　　(众人七嘴八舌。)

新郎母亲　(对新娘)你想什么呢?

新娘　什么也没想。

新郎母亲　那些祝福的话语可重千钧啊。

　　　　(传来吉他的声音。)

新娘　就像铅一样重。

新郎母亲　(大声地)可它们并不一定就有分量。你就该像鸽子那般轻盈。

新娘　您今晚要留在这里吗?

新郎母亲　不啦。我家里没有人。

新娘　您还是该留下来呀!

新娘父亲　(对新郎母亲)快看他们在那儿跳的舞,都是些沿海地区的舞蹈。

（莱昂纳多上场，坐下。他的妻子跟在他身后，面无表情。）

新郎母亲　那些是我丈夫的堂兄弟们，跳起舞来身体硬得就像石头。

新娘父亲　见到他们我很高兴。这个家变化可真大呀！

　　　　（离开。）

新郎　（对新娘）你喜欢那橙花吗？

新娘　（紧紧盯着新郎）喜欢。

新郎　那都是蜡做的，可以一直都开着。其实我一直都希望你能在裙子上下都佩戴上橙花。

新娘　没必要。

　　　　（莱昂纳多从右侧离场。）

姑娘甲　我们给你把那些别针都取下来吧。

新娘　（对新郎）我这就回来。

莱妻　愿你跟我堂妹幸福美满！

新郎　我对此确定无疑。

莱妻　两个人在这儿过日子，根本不用出去，就在这里盖起房子。但愿我也能住得这么远！

新郎　那你们为什么不把土地买下来呢？山地很便宜，孩子们也能更好地成长。

莱妻　我们没有钱啊。而且我们还得走那么远的路！

新郎　你丈夫是个很能干的人啊。

莱妻　是呀，不过他太不切实际了。总是见异思迁，不是什么安分的人。

女仆　你们什么都不吃吗？我给你打包几个酒香面包圈带给你妈妈，她可喜欢那个了。

新郎　给她包上三打吧。

莱妻　不用，不用。包上半打就够了。

新郎　过一天就得算一天。

莱妻　（对女仆）莱昂纳多呢？

女仆　我没看见他。

新郎　应该跟其他人在一块儿吧。

莱妻　我去看看！

　　　（离开。）

女仆　那可真好看。

新郎　你不跳舞吗？

女仆　没人请我跳啊。

　　　（舞台深处有两个姑娘走过。这一场戏上演的过程中，舞台深
　　　处一直都是熙熙攘攘，人来人往。）

新郎　（高兴地）那种舞跳的就是"不明所以"。像你这样精力旺盛
　　　的大妈可比那些年轻姑娘跳得好。

女仆　你这是要给我献殷勤吗，小子？你家都是些什么人呀！男人
　　　中的猛汉子！我小时候见过你爷爷的婚礼。那身板！看起来就
　　　好像是一座山在成亲。

新郎　我可没那么大块头儿。

女仆　可双眼都是那么有神采。姑娘呢？

新郎　正在把头纱摘下来。

女仆　啊，你看！要是到了半夜你们还没睡的话，我给你们准备了
　　　火腿，还有好几大杯陈年老酒。就在柜橱下面那层。没准儿你
　　　们会需要呢。

新郎　（微笑着）我在半夜不吃东西。

女仆　（狡黠地）你要是不吃，就让新娘子吃。

　　　（离开。）

小伙甲　（上场）你得来跟我们一起喝酒啊！

新郎　我在等新娘呐。

小伙乙　天亮的时候你就能跟她在一起了!

小伙甲　那是她最令人着迷的时候!

小伙乙　就一会儿。

新郎　走吧。

　　　（众人下场。传来很大的喧闹声。新娘上场。两个姑娘从舞
　　　　台另一侧上场,跑向新娘。）

姑娘甲　你把第一枚别针给谁了?给了我还是她?

新娘　我不记得了。

姑娘甲　你就是在这儿给我的。

姑娘乙　给我是在祭坛前。

新娘　（心绪不宁,内心激烈斗争）我什么都不知道。

姑娘甲　因为我想让你……

新娘　（打断）对我根本就不重要。我还有好多事儿要考虑。

姑娘乙　抱歉。

　　　（莱昂纳多从背景中走过。）

新娘　（看见莱昂纳多）这种时候总会让人情绪激动的。

姑娘甲　我们可什么都不知道!

新娘　等轮到你们的时候你们就明白了。要迈出这几步是很不容
　　　易的。

姑娘甲　你不高兴了?

新娘　没有。请你们原谅。

姑娘乙　原谅什么?不过那两枚别针就是为了结婚戴的,对不对?

新娘　两枚都是。

姑娘甲　现在,我们俩中的一个要比另一个先结婚。

新娘　你们这么想嫁人吗?

姑娘乙　（羞答答地）是呀。

新娘　为什么呢?

姑娘甲　因为……

　　　　（拥抱姑娘乙。两个姑娘跑开。新郎到来，从新娘身后慢慢地抱住她。）

新娘　（被吓了一大跳）放开!

新郎　你是害怕我吗?

新娘　啊，是你呀?

新郎　还能是谁呀?（停顿）要么是你爹要么是我。

新娘　确实!

新郎　这会儿你爹要拥抱你的话可没那么大劲儿了。

新娘　（阴郁地）当然!

新郎　（有些粗鲁地用力拥抱新娘）因为他岁数大了。

新娘　（生硬地）放开我!

新郎　为什么啊?

　　　　（放开新娘。）

新娘　因为……有人。人家会看到咱们的。

　　　　（女仆再次从背景处走过，没有朝两位新人看。）

新郎　那又怎么样?成了亲就已经神圣不可侵犯了。

新娘　没错儿，不过先放开我……待会儿再说。

新郎　你这是怎么了?你好像被吓坏了!

新娘　我什么事儿都没有。你别走。

　　　　（莱妻上场。）

莱妻　我不想打断你们……

新郎　你说吧。

莱妻　我丈夫从这儿经过了吗?

新郎　没有。

莱妻　因为我找不到他了，马也没在马厩里。

新郎　（高兴地）他准是带马出去跑一跑。

　　　（莱妻不安地离开。女仆上场。）

女仆　有这么多的祝福，你们还不满意吗？

新郎　我正想着赶紧结束吧。新娘已经有点儿累了。

女仆　怎么了，姑娘？

新娘　我的太阳穴就像挨了一记重击似的。

女仆　山里的新娘子应该很健壮呀。（对新郎）你是唯一能把她治好
　　　的人，因为她已经是你的人了。

　　　（跑着离开。）

新郎　（拥抱新娘）咱们去跳会儿舞吧。

　　　（亲吻新娘。）

新娘　（郁闷地）不，我想去床上躺一会儿。

新郎　我陪着你吧。

新娘　绝不行！当着那么多人的面儿？人家会怎么说呀？还是让我
　　　静静地待一会儿吧。

新郎　悉听尊便吧！不过到晚上你可别这样了！

新娘　（在门口）到晚上我就会好了。

新郎　我希望如此！

　　　（新郎母亲上场。）

新郎母亲　儿子呀。

新郎　您到哪儿去了？

新郎母亲　就在那片闹哄哄的地方。你高不高兴？

新郎　高兴。

新郎母亲　你妻子呢？

新郎　她休息一会儿。对新娘子来说，这可真是个糟糕的日子！

新郎母亲　糟糕的日子？这是唯一的好日子啊。对我来说它就像是一种继承。(女仆上场，走向新娘的房间)是去开垦新的土地，栽种新的树苗。

新郎　您这就离开吗？

新郎母亲　对。我得待在自己家里。

新郎　孤零零的。

新郎母亲　才不是孤零零的呢。我脑袋里装满了各种事情，有男人，还有争斗。

新郎　可那些争斗如今已算不上是争斗了。

　　　(女仆迅速上场，又跑向舞台深处，消失在那里。)

新郎母亲　我只要活着，就得争一争，斗一斗。

新郎　我一直都是顺从您的！

新郎母亲　对你的妻子你要尽量热情些，要是你发现她狂妄不听话，就给她一个能让她觉得有点儿疼的"抚摸"，狠狠拥抱她，咬她一口，再赏一个温柔的亲吻。别让她不高兴，可也得让她觉出来你是男子汉，是能主事的一家之主。这些我是从你爹那儿学来的。因为你没有了爹，就只能是我来教给你这些本事。

新郎　我一直都会照着您的吩咐做的。

新娘父亲　(上场)我女儿呢？

新郎　在屋里呢。

姑娘甲　新郎新娘快来呀！我们要跳圆圈舞了！

小伙甲　(对新郎)你来领着新娘跳。

新娘父亲　(出来)她不在屋里！

新郎　不在吗？

新娘父亲　可能到井栏上去了。

新郎 我去看看!

（下场。传来喧闹声和吉他声。）

姑娘甲 已经开始跳舞了!

（下场。）

新郎 （上场）她没在。

新郎母亲 （不安地）不在吗?

新娘父亲 她能到哪儿去呢?

女仆 （上场）姑娘呢,她在哪儿?

新郎母亲 （严肃地）我们不知道。

（新郎下场。三位宾客上场。）

新娘父亲 （激动地）难道她不在舞会上?

女仆 她不在舞会上。

新娘父亲 （突然火冒三丈）那儿人多着呢。你们去看看啊!

女仆 我已经看过了!

新娘父亲 （痛苦万分）那她到底在哪儿呀?

新郎 （四处看）没有,哪儿都没有。

新郎母亲 （对新娘父亲）这是怎么回事儿? 你女儿在哪儿?

（莱妻上场。）

莱妻 他们跑了! 逃走了! 新娘和莱昂纳多,骑着马跑了。他们拥抱在一起,像一道闪电一样逃走了!

新娘父亲 那不是真的! 我的女儿,不会的!

新郎母亲 就是你的女儿才会! 都随了她那个放荡的娘,而那小子呢,也一样是个孽种。可她已经是我儿子的妻子了呀!

新郎 （上场）我们追上去! 谁有马?

新郎母亲 这会儿谁有马? 谁有马呀? 我会给他我拥有的一切,我的眼睛,甚至我的舌头……

声音　这儿有一匹。

新郎母亲　（对儿子）快！追上去！（新郎与两个小伙离场）不，你别去。那些人杀起人来都又快又狠……可还是去吧，快去，我跟在后面！

新娘父亲　不会是她的。也许她已经投了井。

新郎母亲　只有诚实、纯洁的姑娘才会投水，那女人才不会呢！不过她已成为我儿子的妻子。有两伙人，这儿有两伙人。（所有人都上场）我家人和你家人，所有人都从这儿出去。把尘土从鞋子上擦去，咱们去帮帮我儿子。（人们分成两群）因为他有人帮他——有海边来的堂兄弟，还有内地来的所有人。都快从这儿出去！沿着所有道路。流血的时刻又来临了。两伙人马，你跟着你家人，我带着我家人。追呀！快追！

幕　落

第三幕

ACTO
TERCERO

第一场

树林。夜晚。粗大潮湿的树干。周围一片黑暗。传来两把小提琴的乐音。

（三名樵夫上场。）

樵夫甲　已经找到他们了吗?

樵夫乙　还没有。但还在到处找他们呢。

樵夫丙　肯定会被找到的。

樵夫乙　嘘!

樵夫丙　怎么了?

樵夫乙　似乎所有道路都有人同时在逼近。

樵夫甲　等月亮出来就能看见他们了。

樵夫乙　就随他们去好了。

樵夫甲　这世界很大呀。谁都可以在这世上生活啊。

樵夫丙　可人家要杀死他们。

樵夫乙　活着就该随心所欲。他们逃得对。

樵夫甲　他们曾经彼此欺骗，可到头来，鲜血才能无往不利。

樵夫丙　鲜血！

樵夫甲　要顺着有血的道路走。

樵夫乙　可血刚一流出就会被土地一饮而尽。

樵夫甲　那又怎么样？哪怕血流干了死去，也比靠着腐臭的血活着强。

樵夫丙　别说了。

樵夫甲　怎么？你听到什么了吗？

樵夫丙　我听到了蟋蟀、青蛙的声音，还有黑夜埋伏的动静。

樵夫甲　可是没有觉出马的声音。

樵夫丙　没有。

樵夫甲　这会儿他也许正跟她亲热呢。

樵夫乙　女的对男的以身相许，男的同样也把身子给了女的。

樵夫丙　人家正找他们呢，会杀了他们的。

樵夫甲　但到那时他们的血可能已融合在一起，他们只会像两个空空的罐子，像两条已经干涸的溪流。

樵夫乙　天上云霭重重，月亮不大可能出来了。

樵夫丙　不管有没有月亮，新郎都会找到他们。我看到他出来了，好似一颗狂怒的星星。他面如死灰，昭示着他家族的命运。

樵夫甲　他那人人陈尸街头的家族。

樵夫乙　就是啊！

樵夫丙　你觉得他们俩能逃出包围圈吗？

樵夫乙　很难。方圆几百里都安排了带刀子和猎枪的人。

樵夫丙　他可是骑了一匹好马。

樵夫乙　但他还带着个女人。

樵夫甲　我们已经快到了。

樵夫乙　那棵树足有四十根树杈。咱们很快就能把它砍倒。

樵夫丙　现在月亮出来了。咱们得快点儿了。

　　（舞台左侧亮了起来。）

樵夫甲　啊，月儿冉冉初升起！

　　　　盈盈现身巨叶间。

樵夫乙　血中满布茉莉花！

樵夫丙　啊，月儿孤轮唯独影，

　　　　冷冷清光照绿叶！

樵夫乙　新妇面庞映银光。

樵夫丙　啊，月儿藏奸心意险，

　　　　为爱请留林间暗！

樵夫甲　啊，月儿忧愁悲难掩，

　　　　为情请勿照枝明！

　　（樵夫们下场。月亮从左侧光照处上场。月亮是一名脸色苍白
　　的年轻樵夫。整个场景散发出蓝光。）

月亮　我是高贵天鹅水中游，

　　　我是教堂花窗明如眼，

　　　我是虚幻晨光拂叶过，

　　　让人无处遁形难逃亡！

　　　是谁躲闪藏匿隐踪迹？

　　　是谁悲泣幽谷蓬蒿间？

　　　月儿任由刀一把，

　　　被弃遗留在空中，

凛凛窥伏如铅重，
唯愿饮痛见血流。
快快放我迈步进！
誓令窗冷四壁寒！
打开屋顶与胸膛，
此处可暖我身怀！
寒意瑟瑟侵我身，
成灰还梦铁如冰，
走遍山岗与长街，
寻求熊熊烈焰光。
怎奈飞雪携我去，
负我登其碧玉脊，
池塘水波寒意荡，
冷冷无情溺我身。
今夜将有血光染，
双颊必得绯色显，
拂掠阔阔风脚处，
席草萋萋结丛聚。
难有暗影藏身地，
让其无路可逃匿！
我愿潜入人胸怀，
以此温热暖我身！
我要滚烫心一颗，
流淌胸膛山峦间！
啊呀快快让我进，
尔等休挡我去路！

（对着树枝）

重重暗影我不要，

吾光照彻天地间，

纵使暗黑罩枝干，

月明亦发私语声。

只为今夜有热血，

甜甜浸染我面颊，

拂掠阔阔风脚处，

席草萋萋结丛聚。

我催匿者现身形，

让其无路可逃脱！

发出钻石耀目光，

我来照亮飞骑影。

（月亮在树干间消失，舞台重又陷入一片昏暗之中。一老妇出场，全身裹着薄薄的墨绿色布料。赤足。脸上满是皱纹，几乎看不清她的脸。这个角色并没有出现在"人物表"中。）

老乞婆　月儿退去光已隐，逃者双双正迫近。

只是休想从此过。河水潺潺流不尽，

枝干切切低声语，共消冲天凄厉声，

刺耳喊叫已弭散，唯余潺潺与低语。

须臾事必发此地，吾意已倦难再等。

衣箱口口快打开，卧房地上白线摊，

等来尸身好裹缠，颈上惊现夺命伤。

鸟在梦乡勿惊醒，风展裙裾收悲吟，

携声遁往暗树冠，或裹白泥将其葬。

（不耐烦地）

月亮啊，月亮！

（月亮出现。蓝光加强。）

月亮　他们来了。

　　　　有人循着峡谷，有人顺着河道。

　　　　我来照亮石头，你还有何需要？

老乞婆　什么也不需要。

月亮　劲风渐起，凛冽如锋。

老乞婆　照亮马甲，解开纽扣。

　　　　钢刀已知何处去。

月亮　但求垂危久，迟迟命不绝。

　　　　血流汩汩如低啸，淋漓浸染我指端。

　　　　看我那积灰沉谷已醒转，

　　　　渴盼这如泉血涌恣意流！

老乞婆　咱们不能让他们渡过溪流。别出声！

月亮　他们从那边儿过来了！

　　　　（离场。舞台陷入一片黑暗。）

老乞婆　快快快。光来照。你听见了吗？他们绝逃不掉！

　　　　（新郎和小伙甲上场。老乞婆坐下来，用披巾盖住自己。）

新郎　走这边儿。

小伙甲　你找不到他们的。

新郎　（精力充沛地）我一定会找到他们！

小伙甲　我觉得他们已经从另一条小路跑掉了。

新郎　不会的。我刚刚还觉察到马奔跑的声音。

小伙甲　有可能是别的马。

新郎　（情绪激动地）喂，这世上现在只有一匹马，那就是眼下这一匹。你听明白了吗？如果你想跟着我，那就好好跟着别说话。

小伙甲　我是想……

新郎　闭嘴。我肯定能在这里把他们给找出来。看到这条手臂了吗？这已不是我的手臂，它属于我的兄长和父亲，属于我所有死去的家人。它力大无穷，要是愿意，它可以将这棵树连根拔起。咱们快走吧，我感到我所有的家人都紧咬着牙关，简直让我没法顺顺当当地呼吸。

老乞婆　（哀怨地）啊呀！

小伙甲　你听见了吗？

新郎　你去那边儿转一圈儿吧。

小伙甲　这就是一次捕猎啊。

新郎　一次捕猎。这是人们能进行的最大规模的捕猎。

　　　　（小伙甲离场。新郎迅速走向左侧，迎头碰上老乞婆，也就是死神。）

老乞婆　啊呀！

新郎　你想干什么？

老乞婆　我冷。

新郎　你要去哪儿？

老乞婆　（一直像个乞丐那样怨声连连）去那边儿很远的地方……

新郎　你从哪儿来？

老乞婆　从那边儿……从很远的地方……

新郎　你有没有看见一男一女骑着一匹马跑了？

老乞婆　（如梦初醒）你等等……（打量新郎）真是个漂亮的小伙儿。（站起身来）不过要是睡着了会更加漂亮的。

新郎　告诉我，快说，你看到他们了吗？

老乞婆　等一下……多宽的脊背啊！难道你不希望就在这脊背上躺着，不再踏着那么小的脚掌走路吗？

081

新郎 （用力摇晃着老乞婆）我问你是不是见过他们！他们有没有从这儿经过？

老乞婆 （精力充沛地）他们没有从这儿经过，但是他们正离开那座小山丘。你没听到吗？

新郎 没有。

老乞婆 你不认识路吗？

新郎 不管怎样我都要去！

老乞婆 那我陪你去。我熟悉这片土地。

新郎 （不耐烦地）那倒是走啊！从哪儿走？

老乞婆 （激动地）从那儿走！

（迅速离场。远处传来两把小提琴奏出的乐音，表现树林的气氛。樵夫们又回到舞台。肩上都扛着斧头。他们缓缓从林木间走过。）

樵夫甲 啊，你这现身的死神！

硕大叶片的死神。

樵夫乙 请不要让鲜血喷涌！

樵夫甲 啊，你这孤独的死神！

干枯叶片的死神。

樵夫丙 请不要用花朵将婚礼覆盖！

樵夫乙 啊，你这忧伤的死神！

为爱情让这枝丫常绿！

樵夫甲 啊，你这邪恶的死神！

为爱情留下这绿枝！

（一边说话一边离场。莱昂纳多和新娘上场。）

莱昂纳多 住口！

新娘 从这儿开始我就自己一个人走了。

你快走，我要你快回去。

莱昂纳多　我叫你住口！

新娘　用上你牙齿啃咬，

　　　用上你双手撕扯，

　　　尽你能千方百计，

　　　从我那贞洁脖颈

　　　摘下那金属锁链，

　　　又弃我走投无路，

　　　留居在乡野村房。

　　　若你愿留我性命，

　　　如放过一条小蛇，

　　　便请将猎枪枪管

　　　放在我新娘手中。

　　　啊呀多悲戚难过，

　　　如烈火直冲上头！

　　　口中似含有玻璃，

　　　狠狠地扎我舌头！

莱昂纳多　既然已迈出此步，

　　　　便请你休再多言！

　　　　因被人紧紧追赶，

　　　　我定要携你同行。

新娘　可这纯属强迫！

莱昂纳多　强迫？

　　　　是谁先走下楼梯？

新娘　是我先走下楼梯。

莱昂纳多　是谁

　　　　给马新换上笼头？

新娘　　就是我啊。没错儿。

莱昂纳多　　是哪双手

　　　　　　为我穿戴上马刺？

新娘　　这双手归你所有，

　　　　可每当与你相见，

　　　　便想折蓝色树枝，

　　　　打断你血管低语。

　　　　爱你！我爱你！但你快走开！

　　　　如若他能将你害，

　　　　我必用布裹你身，

　　　　紫罗兰花边装饰。

　　　　啊呀多悲戚难过，

　　　　如烈火直冲上头！

莱昂纳多　　口中似含有玻璃，

　　　　　　狠狠地扎我舌头！

　　　　　　只因我试图忘记，

　　　　　　于是便竖起石墙，

　　　　　　为隔开你我两家。

　　　　　　此事属千真万确，

　　　　　　难道你不曾记得？

　　　　　　当我从远处望你，

　　　　　　细沙让我迷双眼。

　　　　　　可是我一旦上马，

　　　　　　马儿便直奔你门。

　　　　　　银质别针扎一下，

我血居然变黑色，
梦境已将我全身
布满野草与杂蔓。
我并没有犯过错，
要怪就怪那土地，
怪你胸脯传气息，
怪你发辫散馨香。

新娘　啊，真是一派胡言！
我不想跟你同枕眠，
不想与你共餐饭，
可又无时无刻每一分
不想与你共相处。
你拉我走我便走，
你却叫我回身转，
可我仍然紧相跟，
如一片草屑风中随。
头上花冠已佩戴，
婚礼已在进行中，
我却扔下那壮汉，
连他家世齐齐抛。
惩罚必将临你头，
此事绝非我所愿。
把我独自留下！你快速速逃命！
无人能护你周全。

莱昂纳多　晨鸟萎靡林树间，
夜色消亡石锋端。

你我共赴暗角落，

彼处容我将你爱，

不管他人作何论，

哪怕毒药分你我，

我皆不放在眼中。

（用力拥抱新娘。）

新娘　为了守护你梦乡，

在你脚边我入眠。

瞭望田野现胴体，

（动情地）

宛若痴痴犬一只，

只因我本就如此！

凝眸结睇将你望，

英姿令我如焚身。

莱昂纳多　烈焰燃尽凭火烧，

只需微微小火苗，

焚尽两穗并头株。

咱们走吧！

（拉住新娘。）

新娘　你要带我去何方？

莱昂纳多　既有众人困你我，

我便去他人难涉地，

在那儿将你细端详！

新娘　（嘲讽地）

我便是正派妇人心头痛，

你带我穿行集市间，

让众人将我细观瞧，

用那新婚的床单

展旗猎猎风中飘。

莱昂纳多　若我思绪如众人，

我也想将你放下，

但我偏要随你行，

你心对我亦如是。

迈出那一步。初试品滋味。

月光钉牢你我身，

我腰融入你股间。

（整个场景异常激烈，充满激情。）

新娘　你听见了吗？

莱昂纳多　有人来了。

新娘　快逃！

我该赴死于此地，

双足濯浸在水中，

荆棘尖刺在我头。

片片树叶为我泣，

迷失妇人少女身。

莱昂纳多　住口。他们上来了。

新娘　你快走！

莱昂纳多　别出声。别让他们发现咱们。

你走前面。我说了，快走！

（新娘犹豫不决。）

新娘　咱们两个一起！

莱昂纳多　（拥抱她）

那就悉听尊便！

万一你我被分开，

必是因我身已亡。

新娘 如此我命也已休。

（二人相拥着离开。月亮缓慢地上场。舞台一片强烈的蓝光。响起两把小提琴的乐音。猛地传来两声长长的尖厉刺耳的喊叫，小提琴的乐音被打断。随着第二声叫喊，老乞婆上场，背向观众。她张开披巾，站在舞台中央，就像一只有着巨大翅膀的鸟。月亮停住脚步。幕布在一片死寂中落下。）

幕　落

终　场

有着拱形窗子和厚实墙壁的白色房间。左右两侧有白色的楼梯。舞台深处是高大的拱门和同样颜色的墙壁。地面也是闪闪发亮的白色。这个简洁朴实的房间给人教堂那种庄严肃穆的感觉。没有一点灰色，没有一丝阴影，也没有景深透视的明确表现。

（两个身穿深蓝色衣服的姑娘正在用一个红色线桄子绕线。）

姑娘甲 线桄儿，线桄儿，

你想做什么？

姑娘乙　衣裙的茉莉，

　　　　纸张的水晶。

　　　　四点才落生，

　　　　十点已归西。

　　　　成为羊毛线，

　　　　束缚你双脚，

　　　　还可结成结，

　　　　缠绕苦月桂。

女孩　（唱着）

　　　　你们可去过婚礼？

姑娘甲　没有。

女孩　我也未曾去。

　　　　葡萄藤蔓下

　　　　何事会发生？

　　　　橄榄枝丫间

　　　　何事会发生？

　　　　无人得回转，

　　　　何事已发生？

　　　　那一场婚礼

　　　　你们可曾去？

姑娘乙　我们都说过了，没有去。

女孩　（离开）

　　　　我也未曾去！

姑娘乙　线桄儿，线桄儿，

　　　　你想唱什么？

姑娘甲　蜡制的伤口，

爱神木的痛。

清晨尚酣睡，

夜晚守长灵。

女孩　（在门口）

线绳绊住燧火石，

青山听凭任发生。

奔跑，奔跑，快快跑，

最终总会亮出刀，

一刀切下那面包。

（离开。）

姑娘乙　线桄儿，线桄儿，

你想说什么？

姑娘甲　情人已不再言语。

新郎已身染血红。

我看到他们躺在

静默无声的岸边。

（停下来端详着线桄。）

女孩　（从门口探出头来）

奔跑，奔跑，快快跑，

线儿已经到此地。

我听他们已到来，

泥泞满身尘满面。

只是躯体已僵直，

裹布惨白如象牙。

（离开。莱昂纳多的妻子和岳母上场，闷闷不乐的样子。）

姑娘甲　他们已经来了吗？

岳母 （生硬地）我们不知道。

姑娘乙 关于婚礼你们有什么可讲的？

姑娘甲 跟我说说。

岳母 （干巴巴地）没什么可说的。

莱妻 我想回去看个究竟。

岳母 （劲头十足地）

你，快快回你家中去，

鼓起勇气孑然处。

茕茕老去兀自泣，

但要紧紧闭门户。

窗子也须全钉住，

不管是死还是活，

再不让他入门扉。

任凭黑夜与雨水

降在苦涩草地上。

莱妻 能出什么事儿呢？

岳母 没关系。

你脸上蒙上面纱，

你儿子只归你有。

至于那共卧之榻，

你只在他搁枕旧处，

留下一灰烬十字。

（二人离场。）

老乞婆 （在门口）给块儿面包吧，姑娘们。

女孩 走开！

（姑娘们聚集在一起。）

老乞婆　为什么？

女孩　就因为你在那儿哼唧。走开。

姑娘甲　丫头！

老乞婆　我本可要了你的眼！

　　　　如云般的鸟群追随着我——你可想要上一只？

女孩　我想走了！

姑娘乙　（对老乞婆）你别理她！

姑娘甲　你是从溪边那条路过来的吗？

老乞婆　我正是从那边儿过来的！

姑娘甲　（不好意思地）那我能问问你吗？

老乞婆　我已将其看真切，

　　　　他们很快就到来：

　　　　两道激流失汹涌，

　　　　静水缓流巨石间，

　　　　二人倒卧马蹄下，

　　　　绝美夜中命已丧。

　　　　（愉悦地）

　　　　命已丧，对呀，命已丧。

姑娘甲　住口！老太婆！住口！

老乞婆　目暗凋零成残花，

　　　　齿硬寒同雪两抔。

　　　　男儿双双身倒地，

　　　　新妇裙发浸血回。

　　　　尸身归来披毯裹，

　　　　高大青年肩负之。

　　　　事已至此合天理，

污秽沙覆黄金花。

（离场。姑娘们低下了头，有节奏地离去。）

姑娘甲 污秽的沙子。

姑娘乙 覆盖黄金花。

女孩 踏覆黄金花朵上，

　　　　溪边带回逝者身。

　　　　一人肤鬏黑，

　　　　黝黑另一人。

　　　　却有暗影夜莺飞，

　　　　黄金花上悲声鸣！

（离场。舞台上空无一人。新郎母亲与一位女邻居出场。女邻居在哭泣。）

新郎母亲 别哭了。

女邻居 我忍不住啊。

新郎母亲 我叫你别哭了。（在门口）这里没人吗？（双手扶住额头）本该是我儿子来应答啊。可我儿子已经成了一捧干枯的花儿。我儿子已经成了山冈后那幽暗的声音。（愤怒地对女邻居）你能不能别哭了？我不愿这家里有哭声。你们的眼泪只不过是从眼睛里流出来的，而我的却只在我独自一人时才流出，它们从我的脚底，从我的根流出，比那血还要炙热滚烫。

女邻居 你还是到我家来吧，别自己待在这儿。

新郎母亲 就在这儿，我想待在这儿。安安静静的。全都死了。到半夜我便也去睡觉，我就这么睡去，不管是猎枪还是刀子，都再也不会让我心惊肉跳。别的母亲都还得受着雨水的鞭挞，探身窗外，好能见着儿子的脸庞，我却用不着了。我要让我的梦化成一只冰冷的象牙鸽子，把已结霜的茶花带去墓地。不对，

那不是墓地，不是墓地——那是大地的床铺，是收留他们的被窝，是老天爷给他们安置的卧榻。（一名黑衣女子上场，走向舞台右侧，并在那里跪了下来。对女邻居）别再用手捂着脸啦。我们得过些难挨的日子了。我谁也不想见。只有土地和我。只有我的哭声和我。还有这四面墙壁。啊呀！啊呀！

（痛苦万分地坐下。）

女邻居　你可得保重自己啊。

新郎母亲　（将头发向后甩）我得平静下来。（坐下）因为邻居们就要来了，我可不想让人家看到我的可怜相。如此可悲！一个女人，却连一个可以亲亲的儿子都没有了。

（新娘上场。没戴橙花，披着黑色的披巾。）

女邻居　（看到新娘，气愤地）你要去哪儿？

新娘　我到这儿来了。

新郎母亲　（对女邻居）她是谁？

女邻居　你认不出她了吗？

新郎母亲　正因如此我才问她是谁。因为我必得认不出她来，才会不用牙齿咬住她的脖子。毒蛇！（突然向新娘冲过去，却猛地停住。对女邻居）你看到她了吗？她就在那儿，在哭，而我却心平气和，居然没有去挖出她的眼睛。我真是不明白。难道是因为我不爱自己的儿子吗？可他的名誉呢？他的名誉又在哪里？

（殴打新娘。新娘倒地。）

女邻居　看在上帝的分上！

（试图分开两人。）

新娘　（对女邻居）随她打吧。我来就是为了让她打死我，好让他们把我一起带走。（对新郎母亲）可是别用手打。用铁钩，用镰刀，使劲儿打，直到它们在我的骨头上被打断。随她打！我想让她知道我是清白的，也许我疯了，人们也可以把我埋葬，但没有一个男人曾见过我洁白的胸脯。

新郎母亲　住嘴，住嘴，那跟我又有什么相干？

新娘　因为我跟别人跑了，我跑了！（痛苦地）换作你你也会走的。我是个如火焚身的女人，里里外外满是创伤，你的儿子好似那一点点水，我期待着从他那里得到孩子、土地和健康，但另一位却如同一条充满支岔的幽暗河流，让那些灯心草的低语和唇齿间的吟唱飘近我。我曾跟你的儿子在一起，他就像个冰凉的水孩子，而另一个则向我派来几百只鸟儿，阻止我行走，在我的伤口上留下寒霜，而我不过是憔悴的可怜女人，是被火抚摸的姑娘。我不愿意，你听好了！我不愿意。你儿子是我的真命天子，我并没有骗他，但另一个男人的臂膀却拖拽着我，就如海浪的猛击，就像骡子的笼头，那个男人本可以一直拖拽着我，就这么拖下去，就算我老了，就算你儿子的所有孩子都来抓住我的头发。

（另一位女邻居上场。）

新郎母亲　她没错儿，我也没有！（讽刺地）那到底是谁有错儿？娇弱无力、难以安寝的女人，扔掉橙花的花冠，只为到别的女人焐热的床榻上去寻找一席之地！

新娘　住口！住口！朝我复仇吧，我就在这儿！你看看，我的脖颈是柔软的，砍断它比你在园子里折断一株大丽花还要省力。但是，那么说就不行！我是贞洁的，贞洁如新生的女孩儿，而且有力量向你证明这一点。点起火来，咱们都把手伸上去——你为了你的儿子，我为了我的身体。先撤回手的肯定是你。

新郎母亲　可是，你的贞洁又与我有什么相干？你的死我干吗要在乎？还有什么能让我有一丁点儿的在意？上帝保佑那些麦子，因为我的儿子们就在它们下面；上帝保佑那雨，因为它润湿了那些死者的面庞。感谢上帝哟，让我们躺在一起得以安息。

（第三位女邻居上场。）

新娘　让我跟你一起痛哭吧。

新郎母亲　你哭吧。不过就在这门口。

（女孩上场。新娘待在门口。新郎母亲来到舞台中央。）

莱妻　（上场，走向舞台左侧）

　　　曾是英俊一骑手，

　　　如今化身雪成堆。

　　　奔驰穿集又越岭，

　　　携过纤纤妇人臂。

　　　而今苔藓暗夜长，

　　　覆其额头成冠冕。

新郎母亲　令堂奉上向阳花，

　　　　　大地摆出明镜台。

　　　　　苦涩柳桃十字架，

　　　　　寥落佩戴你胸前；

　　　　　丝绸床单闪闪亮，

　　　　　寂寂覆盖在你身，

　　　　　流水形成悲泣声，

　　　　　在你静静双手间。

莱妻　啊呀，四个小伙子，

　　　归来肩头负累重！

新娘　啊呀，四个美男子，

　　　带回死神荡空中！

新郎母亲　芳邻们。

女孩　（在门口）他们被带回来了。

新郎母亲　再三再四蹈覆辙，

　　　　　　十字架，十字架。

女人们　甜甜的钉子，

　　　　　甜甜十字架，

　　　　　耶稣之名也甜蜜。

新郎母亲　愿十字架护佑生者和死者。

　　　　　　芳邻们，只用一把刀，

　　　　　　区区的小刀，

　　　　　　却在命定那一天，

　　　　　　两点直到三点间，

　　　　　　陷入爱情两条汉

　　　　　　结果彼此的性命。

　　　　　　只用一把刀，

　　　　　　区区的小刀，

　　　　　　一柄盈盈难满握，

　　　　　　却凭细薄锋刃尖，

　　　　　　进入惊骇肌体中，

　　　　　　停留之处呼喊起，

　　　　　　宛若幽暗无形根，

　　　　　　纠结缠绕颤难安。

新娘　就是一把刀，

　　　　区区的小刀，

　　　　一柄盈盈难满握，

　　　　恰似无鳞无水鱼，

　　　　只为在那命定日，

两点直到三点间，
只用区区这把刀，
两条硬汉命归西。

新郎母亲　一柄盈盈难满握，
　　　　　倏然刺入冷若冰，
　　　　　进到惊骇肌体中，
　　　　　停留之处呼喊起，
　　　　　宛若幽暗无形根，
　　　　　纠结缠绕颤难安。

　　　　　（女邻居们跪在地上，哭泣。）

幕　落

叶尔玛

三幕六场悲剧

人物表

叶尔玛	小姑子甲
玛丽亚	小姑子乙
老妇（异教徒）	老妇甲
多洛雷斯	老妇乙
洗衣妇甲	妇人甲
洗衣妇乙	妇人乙
洗衣妇丙	男孩
洗衣妇丁	胡安
洗衣妇戊	维克托
洗衣妇己	雄性形象
姑娘甲	男人甲
姑娘乙	男人乙
雌性形象	男人丙

第一幕

ACTO
PRIMERO

第一场

　　幕启时，叶尔玛正在睡觉，脚边放着个针线筐箩。舞台上有一道梦幻般的奇异光芒。一个牧羊人蹑手蹑脚地上场，定定地端详着叶尔玛，手里牵着一个身穿白衣的男孩。时钟报时。牧羊人下场，这时光线变成春日清晨欢愉的色调。叶尔玛醒来。

歌声　（幕内）
　　　　摇篮摇，
　　　　摇呀摇，
　　　　咱在田野盖小房，
　　　　钻到里面把身藏。
叶尔玛　胡安，你听到了吗？胡安。
胡安　就来。
叶尔玛　时间到了。

胡安 牲口都过去了吗？

叶尔玛 都已经过去了。

胡安 回头见。

　　　　（作势出门。）

叶尔玛 你不喝杯牛奶吗？

胡安 喝牛奶干吗？

叶尔玛 你干那么多活儿，身体吃不消呀。

胡安 男人要是精瘦，通常都跟钢铁一样强壮。

叶尔玛 但你可不是。咱俩成亲时你还是另一个样子。如今你面色苍白，就好像脸上从没晒过太阳。我巴不得你到河里去游一游，盼着雨下得浸湿房子的时候你能爬上屋顶去浇一浇。结婚两年了，你是越来越忧郁，越来越消瘦，就好像你是倒着长回去了。

胡安 你说完了没有？

叶尔玛 （起身）你可别往坏处想。要是我生病了，我就希望你来照顾我。"我老婆病了，我得宰头羊，炖锅香喷喷的肉汤。""我老婆身子不舒服，我得把这些鸡油留下来，缓解她胸闷的毛病；我得把这羊皮带给她，盖在脚上，抵御冰雪的寒冷。"我就是这样的人，所以才会那么照顾你。

胡安 那我得谢谢你咯。

叶尔玛 可你都不让人照顾你。

胡安 那是因为我什么事儿也没有。所有那些都是你凭空瞎想出来的。我干那么多活儿，肯定会一年比一年老的。

叶尔玛 一年比一年……你和我会一年又一年地在这儿一直生活下去的……

胡安 （微笑）那当然了。而且可以过得安安稳稳。地里的活儿不会出岔子，又没有费钱的孩子。

叶尔玛　我们没有孩子……胡安!

胡安　有话就说。

叶尔玛　是因为我不爱你吗?

胡安　你是爱我的呀。

叶尔玛　我认识一些姑娘,在跟丈夫同房前都会颤抖、哭泣。我第一次跟你共眠时哭了没有?当我掀开细麻布的盖头时,不是还唱歌来着吗?我那会儿不是还跟你说,这些衣服散发出的苹果味真香啊!

胡安　你是那么说来着!

叶尔玛　我妈妈还哭了,因为我并没有因为要离开她而难过。没错儿!谁结婚都没我这么高兴。可是……

胡安　别说了。我可没工夫整天听你唠叨……

叶尔玛　不。你就别老重复人家说的话了吧。我亲眼看到那是不可能的。……雨落在石头上,石头都会变软,长出草芥来,哪怕人们会说它们毫无用处。"那些草芥毫无用处",可我清清楚楚地看到它们让自己那黄色的花朵在风中摇曳。

胡安　还是得等嘛!

叶尔玛　当然,在彼此的爱恋中等待!

　　　　(主动拥抱并亲吻丈夫。)

胡安　你如果需要什么东西就告诉我,我会给你带回来。你知道我不希望你出去。

叶尔玛　我从来都不出去。

胡安　你最好就待在这儿。

叶尔玛　行。

胡安　只有闲着没事儿的人才去街上逛。

叶尔玛　(情绪低落地)当然。

（丈夫离开，叶尔玛走向放针线活儿的地方。她用手抚摸着腹部，举起双臂优雅地伸了个懒腰，坐下来缝纫。）

亲爱的孩儿啊，你从哪里来？

"来自那高峦峰顶寒意侵。"

（用线穿针）

亲爱的孩儿啊，你所需为何？

"只要那轻罗细料制衣衫。"

让枝条向阳摇摆，

让泉水四处喷涌！

（就像在跟一个孩子说话）

狗儿在院中吠叫，

风儿在林间轻唱。

牛儿低吟向牧人，

月儿拂动我发梢。

孩儿啊，你从那么远的地方要什么？

（停顿）

"你胸中白色山峦。"

让枝条向阳摇摆，

让泉水四处喷涌！

（缝纫）

我的孩儿啊，我答应你，

要为你身弱体残。

哪怕我腰疼欲断，

也要当你首个摇篮！

我的孩儿啊，你何时到来？

（停顿）

"那时你会散发茉莉清香。"

让枝条向阳摇摆，

让泉水四处喷涌！

（叶尔玛唱着歌。玛丽亚从门口走了进来，带着一卷衣服。）

叶尔玛 你从哪儿来呀？

玛丽亚 从商店来。

叶尔玛 这么早就从商店来？

玛丽亚 我要是想买什么，就会去那儿等着人家开门。你不知道我都买了些什么吧？

叶尔玛 估计买了早餐用的咖啡、糖和面包。

玛丽亚 才不是呢。我买了花边儿、三轴儿线、做缨子用的彩色带子和毛线。是我丈夫的钱，他自己给我的。

叶尔玛 你这是要做一件衬衣啊。

玛丽亚 不是，是因为……你知道吗？

叶尔玛 知道什么？

玛丽亚 因为，我已经有了！

（玛丽亚低下了头。叶尔玛站起来，一脸羡慕地看着她。）

叶尔玛 才五个月就有了！

玛丽亚 是呀。

叶尔玛 你已经感觉到了吗？

玛丽亚 当然了。

叶尔玛 （好奇地）你有什么感觉？

玛丽亚 我也不清楚。有点儿烦闷。

叶尔玛 烦闷。（抓住玛丽亚）可是……什么时候有这感觉的？告诉我，你肯定没留意。

玛丽亚 对呀，没太留意……

叶尔玛　你唱歌来着，对不对？我就唱歌了。你……快给我讲讲……

玛丽亚　你就别问我了。你就从来没有把一只活蹦乱跳的小鸟拿在手里吗？

叶尔玛　拿过呀。

玛丽亚　嗯，就是那种感觉……不过不是在手里，而是在血液里。

叶尔玛　多美好啊！

（失神地看着玛丽亚。）

玛丽亚　我真不知怎么才好。我什么也不懂。

叶尔玛　不懂什么？

玛丽亚　不懂我应该做些什么。我要去问我妈。

叶尔玛　问她干吗呀？她上岁数了，没准儿把这些事儿都忘了。你别走太多路，呼吸的动作一定要轻柔，就好像用牙齿衔着一朵玫瑰花。

玛丽亚　对了，听人说再往后他还会用小腿儿轻轻地踹我呢。

叶尔玛　到那会儿就招人爱了，就该叫得出"我的儿子"了！

玛丽亚　在这一切感觉中我还觉得不好意思。

叶尔玛　你丈夫说什么了吗？

玛丽亚　什么也没说。

叶尔玛　他很爱你吗？

玛丽亚　他不跟我说他爱我，可他总跟我在一起，眼神似两片绿叶一般流转闪动。

叶尔玛　他知道你已经……？

玛丽亚　知道。

叶尔玛　那他是怎么知道的呢？

玛丽亚　我也不清楚。但我们成亲的那晚，他亲着我的脸颊，不停地跟我说这事儿，以至于我都觉得我的孩子是他从我耳朵塞进来的一只闪闪发亮的小鸽子。

叶尔玛 多幸福啊！

玛丽亚 对这种事儿你比我要懂得多啊。

叶尔玛 可又有什么用呢？

玛丽亚 确实！可那又是怎么回事儿呢？在和你同一批结婚的人里，你是唯一一个……

叶尔玛 是呀。当然这事儿还得看时间呀。埃莱娜拖了三年，我妈她那一辈儿有些人等的时间还要长得多，但是像我这样等了两年零二十天的，也算是等得久的了。我觉得自己就这么耗下去真是不公平。有好多天晚上，我都光着脚到院子里去踩踩土地，我也不知道干吗要这么做。要是一直这么下去，我肯定会病倒的。

玛丽亚 快过来吧，你这家伙，你说起话来就像个老太婆。我说什么来着！没人会为这些事情抱怨。我妈的一个姐妹十四岁就生孩子了，你真该看看那孩子有多漂亮！

叶尔玛 （热切地）那孩子都干什么了？

玛丽亚 他哭起来就像个小牛犊，那劲头赶得上一千只知了一起叫唤，他尿我们一身，拽我们的辫子，才四个月大就把我们的脸抓得一道道的。

叶尔玛 （笑起来）可那些根本就不疼。

玛丽亚 我跟你说啊……

叶尔玛 咳，我见过我姐姐给她的孩子喂奶，胸脯上全是口子，让她疼得要命，但那种疼痛新鲜、有益，是身体必不可少的。

玛丽亚 人家说养孩子可受罪了。

叶尔玛 胡说。只有那些软弱的、怨天尤人的母亲才会这么说。生儿育女到底为了什么呀？得到一个孩子跟得到一把玫瑰花可不是一回事儿。要看着孩子们长大，我们就得忍受痛苦。我想我们得费尽一半的心血。但这样是有益的、健康的、美好的。每个女人的血都够她生养四五个孩子，如果没生养，那血就会变得有毒。在我身上就要发生这样的事儿了。

玛丽亚　我都不知道我怀的是什么。

叶尔玛　我总听人家说，生头胎时都会很害怕。

玛丽亚　（羞涩地）咱们看看再说……因为你针线做得那么好……

叶尔玛　（拿起那卷衣物）拿来吧。我来给你缝两件小衣服。这个呢？

玛丽亚　这是尿布。

叶尔玛　好。

　　　　　（坐下。）

玛丽亚　那就……回头见了。

　　　　　（走近叶尔玛，后者用双手温柔地捧住她的腹部。）

叶尔玛　你在街上可别踩着石子儿跑呀。

玛丽亚　再见。

　　　　　（亲吻叶尔玛，离开。）

叶尔玛　回头再来啊！（又恢复到刚开始时的表情。拿起剪刀，开始裁剪。维克托上场）维克托。

维克托　（态度深沉、坚定而严肃）胡安呢？

叶尔玛　在地里呢。

维克托　你缝什么呢？

叶尔玛　裁些尿布。

维克托　（微笑着）挺行的呀！

叶尔玛　（笑着）我要给这些都镶上花边儿。

维克托　如果是女孩你得给她起你的名字。

叶尔玛　（一激灵）什么？……

维克托　我为你高兴。

叶尔玛　（几乎喘不过气来）不……这不是给我做的。是给玛丽亚的孩子做的。

维克托　好吧，那就看看，有了这个榜样你是不是能更起劲儿一些。这个家里需要个孩子。

叶尔玛　（忧郁地）确实需要啊！

维克托　那就加把劲儿呀。让你丈夫少花点儿心思在那些活计上。他愿意攒钱那就一定会攒起钱来的，可是到他死的时候这钱又该留给谁呢？我该放羊去了。告诉胡安来牵走他跟我买的那两头羊，至于另外那件事儿，他得干得更投入才行啊！

　　（微笑着离开。）

叶尔玛　（充满激情地）对呀！他得干得更投入才行！

　　（沉思着站起身，走到维克托曾待过的地方，用力呼吸，就好像在吸入山野的空气。然后，她走到房间的另一头，像在找什么东西，从那儿又回到原处坐下，再次拿起针线活儿。她开始缝衣服，双眼定定地盯着一个地方。）

　　　我的孩儿啊，我要答应你，

　　　要为你身弱体残。

　　　哪怕我腰疼欲断，

　　　也要当你首个摇篮！

　　　我的孩儿啊，你就要来了吗？

　　　"那时你会散发出茉莉清香。"

幕　落

117

第二场

田野间。叶尔玛上场，拿着一只篮子。老妇上场。

叶尔玛 早上好。

老妇 漂亮的姑娘，早上好。你这是要去哪儿?

叶尔玛 我给我的丈夫送饭，他就在橄榄园那儿干活呢。

老妇 你结婚很长时间了?

叶尔玛 三年了。

老妇 有孩子吗?

叶尔玛 没有。

老妇 咳! 你会有的!

叶尔玛 (热切地)您这么认为?

老妇 干吗不呢?(坐下来)我也是给我丈夫送饭来的。他已经老了，可还在干活儿呢。我有九个儿子，就跟九个太阳似的，可因为一个闺女都没有，就只能靠我自己这边儿那边儿地兼顾着了。

叶尔玛 您是住在河的另一边啊。

老妇 没错儿。就在磨坊那边儿。你是哪一家的人啊?

叶尔玛 我是牧羊人恩里克的闺女。

老妇 啊! 是牧羊人恩里克呀。我认得他，是个好人。起大早，流大汗，吃几片面包，一辈子就完结了。啥都不玩儿，啥都不掺和。游艺会都是给别人去逛的。成天都寡言少语的。我本来可以嫁给你的一个叔叔来着。可那根本就不可能! 我成了个爱把裙子撩起来的女人，哪儿有切好的甜瓜，哪儿有节庆和糖饼，我就直奔哪儿去。有好多次，我都在凌晨探身出门，以为自己

118

听到十二弦琴那忽远忽近的乐音，但其实那不过是风儿在吹。（笑）你要笑话我了。我曾有过两个丈夫，十四个儿女，其中有五个死掉了，可我根本就不伤心，只盼着自己能活得长长久久。我把话就搁在这儿。瞧那些无花果树，活得有多长久！再瞧那些房子，能撑多少年！只有我们，这些中了邪的女人，任何事情都会让我们垮掉。

叶尔玛 我想问问您呀。

老妇 问什么呀？（看着叶尔玛）我知道你要跟我说什么。关于这些事儿真没什么好说的。

（站起身来。）

叶尔玛 （拦住老妇）为什么不说？听您说的那些话我又有了信心。很久以来我一直都希望能跟一位上岁数的妇人聊一聊，因为我想搞明白。对，您会告诉我的……

老妇 告诉什么呀？

叶尔玛 （低声地）您知道的那些事。我怎么就怀不上呢？难道我一辈子就只能照料那些家禽，或把熨好的窗帘装到我的小窗户上？不行。您得告诉我该做些什么，不管是什么，就算是要在我双眼最脆弱的地方扎上针，我都会去做的。

老妇 我吗？其实我啥也不懂。我就是仰面朝天地开始唱歌，儿女们就像水一样地到来了。啊呀，谁能说你这身子不漂亮呢？你一出门儿，街那头儿的马儿都会嘶鸣起来。啊呀，放过我吧，姑娘，别再让我说了。我有好多想法不愿意说出来。

叶尔玛 为什么呢？我跟我丈夫都没别的事儿好谈了！

老妇 喂，你喜欢你丈夫吗？

叶尔玛 什么？

老妇 问你是不是喜欢他，是不是愿意跟他在一起……

叶尔玛　我不知道。

老妇　告诉我，他靠近你的时候你都不发抖吗？他的双唇靠近时你都不觉得像在做梦一样吗？

叶尔玛　没有。我从来没有这种感觉。

老妇　从来没有？就连跳舞的时候也没有？

叶尔玛　（回想）也许……有那么一次……维克托……

老妇　接着说。

叶尔玛　他搂住我的腰，而我什么也没跟他说，因为我根本说不出话。还有一次，还是维克托，那时我十四岁，而他是个高大健壮的少年，他抱起我跳过一道水渠，我抖得牙齿直打战。不过那是因为我太害羞了。

老妇　那跟你丈夫呢……

叶尔玛　我丈夫就是另一回事儿了。父亲给了我这个人选，我就接受了，当时确确实实是满心欢喜的。我成了他的新娘的第一天就在想……孩子的事儿了……我在他的双眸中看着我自己。没错儿，为了看到那个还是个小姑娘的百依百顺的自己，就好像那时的我就是我自己的女儿。

老妇　我的情况正相反。或许正因如此你没有按时生育。姑娘，男人们得招人喜欢才行。他们得拆开我们的辫子，用他们的嘴把水喂给我们喝。世界就该是这个样子。

叶尔玛　那是你的遭遇，不是我的。我考虑很多事情，很多，而且确定我想的那些事情我的儿子都会实现。为了儿子，我把自己献给我丈夫，我一直奉献自己，就为了看儿子会不会到来，从来都不是为了自己享受。

老妇　结果你把自己给掏空了！

叶尔玛　不是，并没有掏空，因为我全身上下都充满了怨恨。你说，

120

这是我的错儿吗？难道只能在男人身上才能找到男人？那么，当男人把你放到床上，你只能睁着忧伤的眼睛盯着屋顶，事后他翻身就睡，那时你又怎么想？我该一直都想着他，还是去想我胸中生出的光芒四射的东西？我不知道，但请你发发慈悲告诉我！

（跪下。）

老妇 啊，盛开的花儿呀！你可真是个美人儿。放过我吧，别再让我说了。我不想再说什么了。这些事儿都关乎名誉，而我可不想让任何人的名誉受损。你会明白的。无论如何，你都不该这么天真。

叶尔玛 （忧伤地）对于像我这样生长在乡下的姑娘来说，所有可以一探究竟的大门都被紧紧关闭。一切都成了闪烁其词的话语和模棱两可的手势，因为人们都说这些事情是不该知道的。你也一样，你对这些事儿也三缄其口，尽管你一副博学的模样，心里明镜儿似的，却拒绝告诉那个就要渴死的女人。

老妇 要是别的冷静的女人，我倒是会跟她说，跟你可不行。我上岁数了，知道自己都说了些什么。

叶尔玛 那么，就让上帝保佑我吧。

老妇 上帝？不行。我从来就没喜欢过上帝。你们什么时候才能发现上帝根本就不存在？应该护佑你的其实是男人。

叶尔玛 可你为什么又要跟我说这个呢？为什么？

老妇 （作势离开）不过也许还是该有上帝，哪怕很小很小也没关系，这样好让那些毁掉了乡村快乐生活的劣种男人都遭天打雷劈。

叶尔玛 我不明白你想跟我说什么。

老妇 好了好了，我懂。你别再伤心了。坚定地等待吧。你还很年

121

轻呢。

（离开。两个姑娘上场。）

姑娘甲 我们到哪儿都能碰上人。

叶尔玛 男人们都在橄榄园里干活儿呢，得给他们送饭去呀。这会儿只有老人们待在家里。

姑娘乙 你是回村里去吗？

叶尔玛 我是要往村里去。

姑娘甲 我可得快点儿了。我把孩子留在家里睡觉，而且家里一个人都没有。

叶尔玛 那就赶紧走吧，姑娘。可不能把孩子自己撇在那儿呀。你家里有猪吗？

姑娘甲 没有。不过你说得有理。我得赶紧走了。

叶尔玛 啊呀，事儿就是这么出的。你该是把孩子锁在屋里了吧？

姑娘甲 那是当然。

叶尔玛 对，不过你们还不知道小孩子是怎么回事儿。那些我们觉得根本无关紧要的原因就有可能要了他的命。比如一根针，一口水。

姑娘甲 你说得对。我得跑着回去了。我对这些事情都没想那么多。

叶尔玛 快去吧。

（姑娘甲离开。）

姑娘乙 你要是有四五个孩子就不会这么说了。

叶尔玛 为什么？我就是有四十个也会这么说。

姑娘乙 不管怎么说，我和你都没孩子，日子过得更安心呢。

叶尔玛 我可不是这样。

姑娘乙 我就是这样。生孩子多麻烦呀！可我妈一门心思给我吃草药好让我生孩子，十月份我们还要去拜神，听说只要求神时心诚就会有求必应。我妈要求就求吧，我可不求。

叶尔玛　那你为啥要成亲呢？

姑娘乙　因为是别人让我成亲的。女人们都得嫁人。要是继续这么
下去，那单身的就只有小丫头了。好了，再说……一个女人在
去教堂前，实际上早就已为人妇了。可那些老太太在所有这些
事儿上都是固执己见。我十九岁了，不喜欢调羹弄汤，也不喜
欢洗洗涮涮。可如今倒好，一天到晚我都得干自己不喜欢的事
儿。这又是为了啥？我丈夫有什么必要非得成为我的丈夫？因
为我们谈恋爱时跟现在做的事儿也没什么两样。那些上岁数的
人就是这么蠢。

叶尔玛　闭嘴吧，别再说这些了。

姑娘乙　你也要说我疯了，"疯子！疯子！"（笑）我可以告诉你我从
生活中学到的唯一一桩事：那就是所有人都待在家里，干着自
己不愿干的事儿。待在大街上岂不是好得多？我要去河边了，
要爬上去敲钟，再喝上一杯茴芹冷饮。

叶尔玛　你就是个小女孩。

姑娘乙　我当然是小女孩，可我并不疯。

（笑。）

叶尔玛　你母亲是住在镇子里最高的地方吧？

姑娘乙　对。

叶尔玛　是最尽头的那一家？

姑娘乙　没错儿。

叶尔玛　她叫什么来着？

姑娘乙　多洛雷斯。你问这干吗？

叶尔玛　不干吗。

姑娘乙　你是要打听什么事儿吧？

叶尔玛 我不知道……也就那么一说……

姑娘乙 随便你啦……瞧，我得给我丈夫送饭去了。（笑）这事儿还得好好琢磨一下。不能说给我的相好的送饭，这可真是可惜，是不是？（笑）疯女人要走了！（欢笑着离开）再见啦！

维克托的声音 （唱着）

　　　　牧人你缘何独自眠？

　　　　牧人你缘何独自眠？

　　　　在我那羊毛垫子上，

　　　　你将会睡得更香甜。

　　　　牧人你缘何独自眠？

　　　　（叶尔玛倾听）

　　　　牧人你缘何独自眠？

　　　　在我那羊毛垫子上，

　　　　你将会睡得更香甜。

　　　　牧人啊，

　　　　深色石铺就你床垫，

　　　　牧人啊，

　　　　冷冰霜织就你衣衫；

　　　　冬日那灰败灯心草，

　　　　堆上你暗夜床笫间。

　　　　牧人啊，

　　　　栎树枝在你衾枕下，

　　　　牧人啊，

　　　　生长出针刺一枚枚；

　　　　如你能听闻女儿声，

　　　　定是那流水喑哑音。

牧人啊，牧人。

高山想得你何好处？

苦涩草长满高高山间。

何方孩童要将你害？

金雀花枝头有刺尖！

（叶尔玛正要离开，迎头碰到上场的维克托。）

维克托 （高兴地）美人儿要去哪儿呀？

叶尔玛 刚才是你在唱？

维克托 是我。

叶尔玛 唱得真好！以前从没听你唱过。

维克托 没听过？

叶尔玛 多么响亮有力的声音，就像一股水流注满你的嘴巴。

维克托 我很高兴。

叶尔玛 是真的。

维克托 可你却很忧伤。

叶尔玛 我并不是忧郁的人，但却有理由感到伤心。

维克托 你丈夫比你还要忧伤。

叶尔玛 他天性忧郁，性格干巴巴的。

维克托 以前　直都是如此。（停顿。叶尔玛端坐着）你是来送饭
的吗？

叶尔玛 是呀。（望着维克托。停顿）你这儿有什么东西？
（指着脸。）

维克托 哪儿？

叶尔玛 （站起身，走近维克托）这儿……就在脸颊上。好像是处灼
伤的伤痕。

维克托 没事儿。

叶尔玛　我觉得就是伤痕。

　　　　（停顿。）

维克托　是太阳晒的吧……

叶尔玛　可能是……

　　　　（停顿。格外寂静，虽然没有任何动作，二人之间却开始呈现
　　　　出对峙状态。）

叶尔玛　（颤抖着）你听见了吗?

维克托　听见什么?

叶尔玛　你没听见哭声?

维克托　（倾听）没有啊。

叶尔玛　我觉得有个孩子在哭。

维克托　是吗?

叶尔玛　离得很近。哭得好像都要憋死了。

维克托　这地方总是有很多孩子来偷果子。

叶尔玛　不对。那声音是个小孩子的。

　　　　（停顿。）

维克托　我什么也没听见。

叶尔玛　也可能是我的幻觉。

　　　　（目不转睛地望着维克托，维克托也望着她，随后仿佛害怕一
　　　　样慢慢移开了目光。胡安上场。）

胡安　你还在这儿干什么呢!

叶尔玛　聊聊天儿。

维克托　你好。

　　　　（下场。）

胡安　你这会儿应该都在家了。

叶尔玛　我耽搁了一会儿。

126

胡安　我不明白到底是什么绊住了你。

叶尔玛　我就听了会儿鸟叫。

胡安　好啊。你这样正好让人家有得说了。

叶尔玛　（厉声地）胡安，你想哪儿去了？

胡安　我说这话可不是因为你，而是因为人嘴两张皮呀。

叶尔玛　那些该死的家伙！

胡安　你别咒人家啊。女人这样子很不成体统。

叶尔玛　但愿我真是个女人。

胡安　咱们别再吵了。你快回家去吧。

　　　（停顿。）

叶尔玛　好吧。我还用等你吗？

胡安　不用。我整晚都得在这儿浇水。流过来的水不多，我只能用
　　　到太阳出来的时候，还得防着有人来偷水。你自己上床睡吧。

叶尔玛　（激动地）我会去睡的！

　　　（下场。）

幕　落

第二幕

ACTO
SEGUNDO

第一场

　　大幕拉开时有歌声响起。镇上的女人们在河边洗衣服。洗衣妇们都处于舞台不同的进深层面上。

歌声　冰冷溪流中，
　　　　我洗你腰带，
　　　　你笑靥如花，
　　　　似热情茉莉。

洗衣妇甲　我不喜欢说话。

洗衣妇丙　可在这儿大家都说呀。

洗衣妇丁　说说话又没什么不好。

洗衣妇戊　谁想要好名声，就得自己去挣啊。

洗衣妇丁　我种百里香，
　　　　　　看它渐成长。

想要名誉佳，

切记行为端。

（众人笑。）

洗衣妇戊　大家都这么说。

洗衣妇甲　可是这事儿从来也没人搞得清。

洗衣妇丁　那个做丈夫的还真让他的两个妹妹跟他们夫妇一起住了。

洗衣妇戊　那两个没成家的？

洗衣妇丁　是呀。以前她们负责照管教堂，现在她们负责照管嫂子。要是我，可没法儿跟她们住在一块儿。

洗衣妇甲　为什么？

洗衣妇丁　因为她们太吓人了。活像在坟墓上突然长出来的那些大叶子。她们脸上就像涂了蜡，完全把自己封闭起来。我猜她们连做饭用的都是灯油。

洗衣妇丙　她们已经住到哥哥家去了？

洗衣妇丁　从昨天开始的。那做丈夫的就又到田里去了。

洗衣妇甲　不过，能弄清楚到底出什么事儿了吗？

洗衣妇戊　前天晚上，尽管天很冷，她却在门槛上坐了一整夜。

洗衣妇甲　可这又是为什么呀？

洗衣妇丁　让她待在家里可不是件容易事儿。

洗衣妇戊　这些生不出娃的女人就是这样——本来可以钩钩花边或做做蜜饯苹果，可她们却偏要爬上房顶，还光着脚丫去河里蹚水。

洗衣妇甲　你算老几，要这么说她？她是没有孩子，可那又不是她的错儿。

洗衣妇丁　想要孩子的女人就能生得出来。那些贪图安逸、怠懒软弱的女人才不情愿让肚皮变得皱皱巴巴。

　　（众人笑。）

洗衣妇丙　她们涂脂抹粉儿，戴上夹竹桃花就去找那些并不是她们丈夫的野男人了。

洗衣妇戊　千真万确就是这么回事儿！

洗衣妇甲　可你们看见过她跟别的男人在一起吗？

洗衣妇丁　我们是没看见过，可是有人见过呀。

洗衣妇甲　总是"有人""有人"的！

洗衣妇戊　听说有两回呢。

洗衣妇乙　那他们都干什么了？

洗衣妇丁　说话。

洗衣妇甲　说话又不是罪过。

洗衣妇丁　这世上有种东西叫"眼神"。我妈说的，一个女人看玫瑰花跟看男人的大腿根本不是一回事儿。她就看来着。

洗衣妇甲　可她看的是谁啊？

洗衣妇丁　看一个男人，你听见了吗？自己打听去吧。难不成你还想让我大声说出来？（哄笑声）她要是没看他，那准是因为她自己落了单，因为那男人没在她跟前儿，可她早把他的样子印在眼睛里了。

洗衣妇甲　那都是胡说八道！

（欢闹声。）

洗衣妇戊　那位丈夫呢？

洗衣妇丙　那丈夫简直就跟聋了一样。啥也不干，好像一条晒太阳的蜥蜴。

（众人笑。）

洗衣妇甲　要是他们有孩子，一切就都能解决了。

洗衣妇乙　这一切都只会发生在那些不肯认命的人身上。

洗衣妇丁　时间每过一小时，那家的房子就愈发像地狱一般。她和

130

小姑子们一言不发，整天地粉刷墙壁、擦拭铜器，往窗户上呵气擦玻璃，还给地板上油，因为住的房子越是光鲜亮丽，心里面的灼烧就越强烈。

洗衣妇甲　是男人的错，就是他，男人该做父亲却生不出孩子，那他就该照顾好老婆。

洗衣妇丁　其实该怪她，说起话来没轻没重。

洗衣妇甲　是什么让你鬼迷心窍要这么说？

洗衣妇丁　是谁准许你张嘴教训我？

洗衣妇乙　别吵了！

洗衣妇甲　我恨不得用缝长袜的针扎穿那些胡说乱嚼的舌头。

洗衣妇乙　闭嘴吧！

洗衣妇丁　那我就去刺穿那些装腔作势的女人的伪装。

洗衣妇乙　别出声。你没见那两个小姑子朝这边过来了吗？

（众人窃窃私语。叶尔玛的两位小姑子上场。她们身着丧服。在一片寂静中开始洗衣服。钟声响起。）

洗衣妇甲　那些牧羊人都走了吗？

洗衣妇丙　走了，现在羊群都已经出去了。

洗衣妇丁　我喜欢那些绵羊的气味。

洗衣妇丙　是吗？

洗衣妇丁　为什么不是呢？那就是一个女人发出的气息。就像我也很喜欢河水在冬天带来的红色泥巴的气味。

洗衣妇丙　真是怪癖！

洗衣妇戊　（张望一番）羊群都走了。

洗衣妇丁　羊群简直如潮水一般，将一切裹挟而去。那些绿色的麦苗要是有脑子，看到它们过来没准儿都会发起抖来。

洗衣妇丙　快看它们跑得多快！真是些要命的家伙！

洗衣妇甲　一群不少，全都走了。

洗衣妇丁　让我看看……不对，没错儿，没错儿，少了一群。

洗衣妇戊　是哪群？……

洗衣妇丁　是维克托的羊群。

　　　　　（两个小姑子直起身子张望。轻声地唱）

　　　　　冰冷溪流中，

　　　　　我洗你腰带，

　　　　　你笑靥如花，

　　　　　似热情茉莉。

　　　　　那朵茉莉花

　　　　　有薄薄雪花，

　　　　　我便住其中。

洗衣妇甲　啊呀，那生不出娃的女人啊！

　　　　　啊呀，胸脯如沙砾的女人啊！

洗衣妇戊　请你快快告诉我，

　　　　　尊夫可将种子存？

　　　　　让那潺潺长流水，

　　　　　为你衣衫放歌声。

洗衣妇丁　你的衣衫是船儿，

　　　　　白银和风来打造，

　　　　　沿着河岸去航行。

洗衣妇甲　我来这里将衣濯，

　　　　　洗净我儿身上装，

　　　　　只为教那长流水，

　　　　　清亮剔透如水晶。

洗衣妇乙　山间走来我夫君，

前来此处用午餐。

玫瑰一朵带给我，

我用三朵回赠他。

洗衣妇戊　平原走来我夫君，

前来此处用晚餐。

他引清风徐徐来，

我以爱神木相迎。

洗衣妇丁　风中走来我夫君，

前来此处寻安眠。

我给他红色桂竹香，

他给我桂竹香正红。

洗衣妇甲　夏日烤干农夫血，

便是花枝相连时。

洗衣妇丁　冬日战栗叩门扉，

无眠鸟儿肠肚开。

洗衣妇甲　应该在床单上呻吟。

洗衣妇丁　应该唱歌！

洗衣妇戊　此时男人给我们带来花冠和面包。

洗衣妇丁　因为手臂已交缠在一处。

洗衣妇乙　因为光亮让我们的喉咙嘶哑。

洗衣妇丁　因为花枝已变得甘甜。

洗衣妇甲　风的帐幕已笼罩群山。

洗衣妇己　（出现在河流上游的高处）

为了让一个孩子

将清晨冷硬的玻璃熔炼。

洗衣妇甲　我们的身体长出

珊瑚愤怒的枝条。

洗衣妇己　　为了让海上

　　　　　　有人持桨游荡。

洗衣妇甲　　一个小宝贝，一个孩子。

洗衣妇乙　　鸽子们张开翅膀和嘴巴。

洗衣妇丙　　一个呻吟的孩子，一个儿子。

洗衣妇丁　　而男人们继续前行，

　　　　　　就像受伤的公鹿。

洗衣妇戊　　快乐呀，快乐呀，快乐呀，

　　　　　　衬衣下圆肚子的快乐！

洗衣妇乙　　快乐呀，快乐呀，快乐呀，

　　　　　　肚脐恰如金盏花柔软的花萼！

洗衣妇甲　　唉，那成了亲却干涸无子的女人！

　　　　　　唉，她的乳房已成沙地一片！

洗衣妇丙　　让她发光吧！

洗衣妇乙　　让她奔跑吧！

洗衣妇戊　　让她重放光彩吧！

洗衣妇甲　　让她歌唱吧！

洗衣妇乙　　让她躲藏起来吧！

洗衣妇甲　　让她再度放歌吧！

洗衣妇己　　那曙光被我的孩子

　　　　　　装进围兜携带。

洗衣妇乙　　（所有女人齐声合唱）

　　　　　　冰冷溪流中，

　　　　　　我洗你腰带，

　　　　　　你笑靥如花，

似热情茉莉。

哈，哈，哈！

（有节奏地翻动并捶打衣物。）

幕　落

第二场

叶尔玛的家。天近傍晚。胡安端坐着。两位小姑子站在那里。

胡安　你是说她刚才出去了？（年长一些的妹妹点点头）她没准儿在泉边呢。不过你们都知道，我不喜欢她一个人出门。（停顿）你可以摆桌子了。（年纪最小的妹妹离开）我吃的面包可是好不容易才挣来的。（对他妹妹说）昨天我一整天都很辛苦。我给苹果树剪枝，暮色降临时，我就在那儿想，要是我连一个苹果都吃不到嘴里，我干吗还要满怀憧憬地干活呀。我已经厌烦了。（用手抹了一把脸。停顿）她还不来……你们应该有一个跟她一起出去，因为你们就是为了这个才能到这儿来吃我的、喝我的。我的生计在田地里，我的名誉可都在这里。我的名誉也是你们的名誉啊。（妹妹低下了头）你也别觉得我这话说得难听。（叶尔玛提着两个水罐上场。她在门口停下来）你是从泉边回来的吗？

叶尔玛　吃饭时得有清凉的水喝啊。（另一个妹妹离开）地里怎么样啊？

胡安　昨天我给树修剪了枝杈。

（叶尔玛放下水罐。停顿。）

叶尔玛　你要留下来吗？

胡安　我得去照管牲口。你也知道这都是男主人的活儿。

叶尔玛　这事儿我一清二楚。你用不着反复说。

胡安　每个男人都有自己的日子要过。

叶尔玛　每个女人也有自己的生活。我并没有求你留下来。在这儿我想要的东西应有尽有。你的妹妹们用心照看着我。我在这儿吃着软乎的面包、新鲜的奶酪和烤羊羔，而你的牲口们则在山上吃着沾满露珠的牧草。我相信你能够过上安生日子了。

胡安　要想过安生日子就得放下心来才行呀。

叶尔玛　难道你不放心吗？

胡安　不放心。

叶尔玛　你别胡思乱想了。

胡安　难道你不了解我的为人吗？羊都该待在圈里，女人就该待在家里。你往外跑得太多啦。我一直都这么说，难道你都没听见吗？

叶尔玛　没错儿。女人们是该待在家里，不过得是那个家不再是坟墓的时候，得是那些椅子被用坏、床单被用破的时候。可这里并不是这样。每天晚上，当我躺下时，我都会发现我的床榻变得更新、更亮，就像才从城里运来的一样。

胡安　你自己很清楚我是有理由抱怨的。我这么草木皆兵并不是无缘无故！

叶尔玛　草木皆兵是为哪般？我没干任何对不起你的事儿。过日子我从来都顺着你，有什么苦楚都自己扛下来。我以后要度过的日子会一天不如一天。咱们还是别说了吧。我会尽我所能好好背负着我的十字架，而你什么也别问。如果我能突然老去，嘴巴如凋零的花朵，那我就可以对你微笑，和你同舟共济。现在嘛，现在你就让我独自忧愁吧。

胡安 你说话的方式真是让我没法理解你。我并没有剥夺你任何东西。我叫人到周围村子去找你喜欢的东西。我是有缺点，但是我只想安静、和睦地跟你过日子。我愿意睡在外面，同时心里想着你也在安睡。

叶尔玛 可我没睡觉，我睡不着。

胡安 你是还缺什么吗？告诉我。（停顿）你倒是说呀！

叶尔玛 （故意紧紧盯着她的丈夫）对，我是缺东西。

（停顿。）

胡安 总是这一套。已经都五年多了。我几乎都忘记了。

叶尔玛 可我不是你。男人们拥有别样的生活——牲口、树木、聊天；可我们女人的生活就是生孩子、照顾孩子。

胡安 这世上并不是人人都一样。你干吗不从你兄弟那儿领个孩子来？我不反对。

叶尔玛 我不想照顾别人的孩子。抱起别人的孩子，我的手臂都会冰冷僵硬。

胡安 就因为这缘故你简直魔怔了，也不考虑你该干的事儿了，一门心思让脑袋里塞上石头。

叶尔玛 我脑袋里塞了石头倒真是件不体面的事儿，因为那里本该是装满鲜花的筐子和甘甜的水。

胡安 待在你身边只会让人焦躁而不安。不管怎么说，你还是应该忍一忍吧。

叶尔玛 我来到这四堵墙围着的家里可不是为了忍一忍的。等我脑袋蒙上头巾再也张不开嘴，等我双手被牢牢绑住躺进棺材里，

137

那会儿我就会忍一忍了。

胡安 那你到底想干什么？

叶尔玛 我想喝水，可我既没有杯子也没有水；我想上山，可我没有脚；我想在衬裙上刺绣，可我找不到线。

胡安 那是因为你根本不是个真正的女人，你一心就想毁掉一个没有主见的男人。

叶尔玛 我都不知道我是什么人了。让我走一走，发泄发泄吧。在任何事情上我都没有辜负你。

胡安 我可不喜欢人们对我指指戳戳。因此我希望看到那扇门被关上，每个人都待在自己家里。

（胡安的大妹妹慢慢走上台，走向一个橱柜。）

叶尔玛 跟人说话并不是罪过。

胡安 但会让人觉得是罪过。（另一个妹妹上场，走向那些水瓮，灌满了一罐水。低声地）我可没精力来管这些事儿。当别人跟你说话时，你就把嘴闭上，想着你是个结了婚的女人。

叶尔玛 （诧异地）结了婚的女人！

胡安 家里人都得顾及名誉，而保全名誉可是两个人要共同承担的责任。（妹妹带着水罐缓缓上场）可在相同的血脉里，名誉却变得幽暗又脆弱。（另一个妹妹以参加宗教游行般的姿态端着一个盘子上场。停顿）请原谅我。（叶尔玛看着她的丈夫，后者抬起头，与她对视）按说你这个样子盯着我，我都不该对你说"请原谅我"，而是应该硬把你关起来，因为要这样我才算是个丈夫。

（两个妹妹出现在门口。）

叶尔玛 我求你别再说了。这事儿就别再提了吧。

（停顿。）

胡安　咱们去吃饭吧。（两个妹妹进屋）你听见我说的话了吗？

叶尔玛　（温柔地）你跟你妹妹们一起吃吧。我还不饿呢。

胡安　随你的便吧。

　　（进屋。）

叶尔玛　（如在梦中）

　　　　啊，多么痛苦的草地！

　　　　啊，将美好关在外面的门！

　　　　我想求来一个让我受苦的儿子，

　　　　风儿却给我献上沉睡月亮的大丽花。

　　　　两股流淌着温热乳汁的甘泉，

　　　　仿佛我丰满肌体中有两处马儿的脉搏，

　　　　让我痛苦的枝条跳动。

　　　　啊，我衣衫之下那盲目的乳房！

　　　　啊，失去了双眼和洁白的鸽子！

　　　　啊，被囚禁的鲜血在我的后颈，

　　　　钉入如马蜂蜇刺般的痛楚！

　　　　可亲爱的孩子啊，你一定会来到，

　　　　因为水带来盐，土带来果，

　　　　而我们腹中孕育娇嫩的娃娃，

　　　　恰如云朵孕育甘甜的雨滴。

　　　　（向门那边张望）

　　　　玛丽亚！你干吗那么着急忙慌地从我家门前经过？

玛丽亚　（抱着个孩子走了进来）我带着孩子的时候就会这么着急忙慌的……你看你总是哭！……

叶尔玛　你说得对。

　　（抱过孩子，坐下来。）

玛丽亚 你的妒忌可真让我难过。

叶尔玛 我这不是妒忌，而是贫乏。

玛丽亚 你就别抱怨了。

叶尔玛 当我看到你和其他那些女人个个身体都开花结果，看看自己在这一片美好围绕下却如此不中用，这让我怎么能没有怨气！

玛丽亚 可你拥有其他东西啊。如果你能听我说说，说不定你就觉得自己很幸福了。

叶尔玛 生不出孩子的乡下女人就像一把荆棘一样无用甚至有害，尽管我成了这废物也是拜上帝所赐。（玛丽亚作势要抱回孩子）抱去吧，他跟你在一块儿会更自在。我大概就没长着双妈妈的手。

玛丽亚 你干吗要说这种话啊？

叶尔玛 （站起身）因为我已经厌烦了。我讨厌自己长着一双手，却没法恰当地使用它们。眼见着麦子抽穗儿，泉水长流，母羊产下几百只羊羔，还有那些母狗，就好像整个田野都站在那儿给我展示那些娇嫩、贪睡的婴孩儿，而我这里却感受不到我孩子的吮吸，取而代之的，是如同挨了两下锤击。于是我屈辱难当，感到被欺侮、被贬低到最卑微的境地。

玛丽亚 我可不喜欢你说的这些。

叶尔玛 你们这些女人一旦有了孩子，就不再把我们这些无儿无女的女人放在心上。你们神清气爽，无忧无虑，就像在水中畅游的人，根本不知道什么叫口渴。

玛丽亚 我一直跟你说的那些话我都不想再对你讲了。

叶尔玛 我的欲望与日俱增，希望却越来越渺茫。

玛丽亚 糟心事儿啊。

叶尔玛 我最终只能相信我就是我自己的孩子。我以前是不去喂牛

140

的，因为没有女人会去喂牛，可如今有好多次我都会下去喂牛，当我穿过黑黢黢的棚子时，我的脚步声听起来就像是一个男人发出的。

玛丽亚　世间万物都有自己的道道。

叶尔玛　不管怎样，他还是爱我的。你看到我是怎样过日子的了吧！

玛丽亚　你的小姑子们呢？

叶尔玛　要让我跟她们说话，干脆让我死后连殓衣都穿不上。

玛丽亚　那你丈夫呢？

叶尔玛　他们仨都跟我对着干。

玛丽亚　他们是怎么想的？

叶尔玛　都是心思不安之人的胡思乱想。他们觉得我可能喜欢上了别的男人，可他们不知道，就算我是真的喜欢，我的家族也会把名誉放在首位。他们就是挡在我面前的石头。但他们不知道，如果我愿意，就能化为河水把他们都冲走。

（一个小姑子进来，拿走了一个面包。）

玛丽亚　不管怎样，我相信你的丈夫还是爱你的。

叶尔玛　他让我有饭吃，有地儿住。

玛丽亚　你过得可真苦啊，太不容易了！但也得记住上帝一样也伤痕累累。

（众人在门口处。）

叶尔玛　（看着孩子）他已经醒了。

玛丽亚　过一会儿他就该"唱"起来了……

叶尔玛　他的眼睛跟你长得一样，你发现了吗？看见了吗？（哭起来）他的眼睛跟你长得一模一样！

（叶尔玛轻轻推了玛丽亚一下，后者默默地向外走。叶尔玛朝她丈夫离场的那个门口走去。）

姑娘乙 嘘。

叶尔玛 （转过身）怎么了？

姑娘乙 我刚才一直在等她离开。我妈在等你呢。

叶尔玛 她是一个人吗？

姑娘乙 还有两个邻居。

叶尔玛 让她再等一会儿。

姑娘乙 可你要去吗？你不怕吗？

叶尔玛 我要去。

姑娘乙 随你吧！

叶尔玛 不管多晚都让她们等着我！

　　　（维克托走了进来。）

维克托 胡安在吗？

叶尔玛 在呢。

姑娘乙 （心照不宣地）那么，回头我再把那件衬衣拿来。

叶尔玛 随你什么时候都行。（姑娘乙离开）请坐吧。

维克托 我这样就行。

叶尔玛 （呼唤）胡安！

维克托 我是来辞行的。

叶尔玛 （略显惊讶，但又恢复了镇定）你是要和你的兄弟们一起走吗？

维克托 我父亲是这样希望的。

叶尔玛 他应该岁数很大了。

维克托 是的。已经很老了。

　　　（停顿。）

叶尔玛 换个地方干活儿挺好的。

维克托 哪块土地还不都是一个样儿。

142

叶尔玛　不一样。要是我，就会去非常遥远的地方。

维克托　其实都一样。同样的绵羊，长着同样的羊毛。

叶尔玛　对于男人们来说是这样，但我们女人可不一样。我从未听过一个男人会一边吃一边说：这些苹果太美味了。你们都是我行我素，没有半点殷勤体贴。于我而言，我早就喝够这些井里的水了。

维克托　也许是吧。

（舞台陷入一片淡淡的阴影中。停顿。）

叶尔玛　维克托。

维克托　说吧。

叶尔玛　你为什么要走呢？这儿的人都喜欢你啊。

维克托　我行事还是不错的。

（停顿。）

叶尔玛　你确实表现很好。你年轻那会儿有一次还抱过我呢，你不记得了吗？人们从来都不会知道将会发生些什么事儿。

维克托　一切都会变的。

叶尔玛　但有些事儿不会变。就在那些墙壁后面封闭着一些无法改变的事情，因为那些事儿根本没人听见。

维克托　确实如此。

（胡安的小妹妹出现，慢慢走向门口，一动不动地待在那里，傍晚的余晖照耀着她。）

叶尔玛　可那些事儿一旦突然冲出去大喊大叫，就会充斥整个世界。

维克托　也许什么都不会向前发展的。水渠仍在原地，羊群还在圈里，月亮依旧在天上，男人也还把着犁。

叶尔玛　没法体会老人家们的教诲实在是太遗憾了！

（传来牧人那悠长而凄凉的螺号声。）

维克托 是羊群。

胡安 （上场）你这就要上路了吗?

维克托 我要赶在天亮前通过隘口。

胡安 你对我有什么可抱怨的吗?

维克托 没有。你付钱确实不含糊。

胡安 （对叶尔玛）我把他的羊群给买下来了。

叶尔玛 是吗?

维克托 （对叶尔玛）现在都是你的啦。

叶尔玛 我都不知道。

胡安 （得意地）没错儿,都是你的啦。

维克托 你丈夫定会看到他的土地上遍布羊群。

叶尔玛 劳作者一心寻求果实,那果实自会落入他手。

（站在门口的妹妹进屋。）

胡安 我们已经没有地方来养这么多绵羊了。

叶尔玛 （阴郁地）那片地还是很大的。

（停顿。）

胡安 咱们一起到河边去吧。

维克托 祝这个家尽享幸福。

（向叶尔玛伸出手。）

叶尔玛 愿上帝听闻此言! 祝你健康!

（维克托向她致意,但她一个令人难以察觉的动作让维克托转
过身来。）

维克托 你是说了什么吗?

叶尔玛 （激动地）我说了"祝你健康"。

维克托 谢谢。

（胡安和维克托离开。叶尔玛忧伤地看着曾被维克托握过的

手。她迅速走向左侧，拿起一条披肩。)

姑娘乙　咱们走吧。

（默默地将披巾给她围在头上。)

叶尔玛　走吧。

（二人悄悄地离开。舞台上几乎陷入黑暗之中。胡安的大妹妹
手持一盏油灯上场，油灯只有自然的亮度，并不能照亮舞台。
她走到舞台尽头，寻找着叶尔玛。牧人的螺号声响起。)

小姑子甲　（低声地)叶尔玛!

（胡安的小妹妹上场。两姐妹对视了一下，便朝门口走去。)

小姑子乙　（提高音量)叶尔玛!

（离场。)

小姑子甲　（一边朝门口走去，声音急切地)叶尔玛!

（离场。传来牧人的螺号声和牛角号声。舞台上漆黑一片。)

幕　落

第三幕

ACTO
TERCERO

第一场

神婆多洛雷斯的家。天色渐明。叶尔玛跟多洛雷斯和两名老妇一起上场。

多洛雷斯　你可真是很勇敢。

老妇甲　这世上没有什么能比欲望的力量更强大了。

老妇乙　可这墓地实在是太黑了。

多洛雷斯　我已经跟那些求子心切的女人在这墓地里祷告过好多次了，每一次她们都会害怕，只有你不害怕。

叶尔玛　我来这儿只求有个结果。我相信你不是个骗子。

多洛雷斯　我不是骗子。要是我说过谎，就让我跟那些死人一样，嘴巴里的舌头上爬满蚂蚁。我最后一次祷告是跟一个女乞丐一起，她不孕的时间比你还要久，她的子宫以如此美好的方式变得甜蜜肥沃，由于没来得及赶到住的地方去，她在那下面的河

里生下了两个孩子，她自己用块布裹上孩子，带到我这儿让我
照管。

叶尔玛　她居然从河那边儿走到这儿来了？

多洛雷斯　她来了。鞋子和衬裙上都浸透了鲜血……脸上却容光
焕发。

叶尔玛　她没出什么状况？

多洛雷斯　能出什么状况？上帝就是上帝。

叶尔玛　那是自然。上帝就是上帝。她什么状况也没出，只是抓住
孩子，在流水中为他们清洗。动物们不都舔舐自己的幼崽吗，
对不对？我的孩子才不会让我恶心呢。我总觉得刚分娩完的产
妇的光彩仿佛从内向外散发出来，孩子们一连几个小时都在她
们身上熟睡，倾听那温热乳汁的流淌，逐渐盈满乳房，让他们
吮吸、玩耍，直到他们把头扭开，不想再喝——"再来一点儿，
宝宝……"——于是他们的脸上和妈妈的乳房上便沾满了一滴
滴白色的乳汁。

多洛雷斯　现在你也会有个孩子了。我可以给你打包票。

叶尔玛　我会有孩子的，因为我必须要有孩子，否则我就没法理解
这世界。有时候，当我确信我再也不会，再也不会……火焰便
如潮涌般从我的双脚升腾起来，我觉得万物皆已成空，街上的
行人、公牛和石头在我看来都像是棉花做的了。于是我心中暗
问：它们被放在那儿到底为了啥？

老妇甲　一个结了婚的女人想要孩子，这是好事儿，可要是实在没
有，又干吗非得惦记他们呢？这世上最重要的就是随遇而安。
我并不是要批评你。你已经看见我是怎么在那些祝祷中帮忙的
了。可你又打算拿什么给你儿子——良田，幸福，还是银交椅？

叶尔玛　我是不想明日，只想今朝。你上岁数了，看待一切已如一

本读过的书。而我却没有自由，只有难耐的渴望。我想怀抱娇儿安然入眠。你听好了，别让我的话吓你一跳 就算明知以后我儿子会让我受尽折磨，会对我恨之入骨，会拽着我的头发满街走，我仍然会欢天喜地地迎接他的降生，因为要为一个虽然用刀子扎我们但活生生的人哭泣，总比为那长年累月压在我们心头的幽灵哭泣要好得多。

老妇甲 你还太年轻，听不进劝。但在等待上帝恩赐的同时，你应该在你丈夫的爱里寻求庇护。

叶尔玛 啊！你真是用指头戳中我身体上最深的那道伤口了。

多洛雷斯 你丈夫是好人。

叶尔玛 （站起身）是好人！是好人！那又怎样？但愿他是个坏蛋。可他不是。他沿路放羊，晚上数钱，尽他的职责跟我睡觉，可我发觉他腰肢冰冷，身体就像个死人，而一向讨厌狂热女人的我，在那一刻就好像成了一座火山。

多洛雷斯 叶尔玛！

叶尔玛 我并不是不正派的已婚女人，但我知道孩子都是男人和女人一起生出来的。唉，如果我一个人能生孩子那该有多好！

多洛雷斯 你要想到你丈夫也很痛苦呀。

叶尔玛 他才不痛苦呢。因为他根本不想要孩子。

老妇甲 你可别这么说！

叶尔玛 我从他眼神里就看出这一点了，因为他不想要，所以也就不给我。我不爱他，我并不爱他，可他是我唯一的救星。为着名誉和血统，他成了我唯一的救星。

老妇甲 （担忧地）很快就要天亮了。你该回家了。

多洛雷斯 最先出来的是羊群，可别让人看见你独自一人。

叶尔玛 我需要这种发泄。祷告我得重复多少次？

多洛雷斯　月桂经要念两遍，中午的时候是圣安娜经。等你发现怀孕了，可得按你答应的数儿给我拿麦子来。

老妇甲　山顶上已经显出亮光了。你快走吧。

多洛雷斯　家家户户的门马上就要打开了，你还是从水渠那边绕一下吧。

叶尔玛　（沮丧地）我都不知道自己为什么要到这儿来！

多洛雷斯　你后悔了？

叶尔玛　没有！

多洛雷斯　（慌张地）你要是害怕，我就陪你走到街角那里。

老妇甲　（不安地）等你到家门口时，天都大亮了。

　　　　（传来人声。）

多洛雷斯　别出声。

　　　　（众人倾听。）

老妇甲　没人。上帝保佑。

　　　　（叶尔玛朝门口走去，正在此时有人敲门。三个女人都愣在原地。）

多洛雷斯　是谁呀？

声音　是我。

叶尔玛　开门。（多洛雷斯犹豫不决）你开还是不开？

　　　　（传来人们的低语声。胡安跟两个小姑子一起上场。）

小姑子乙　她在这儿。

叶尔玛　我就在这儿。

胡安　你在这地方干什么？如果我大声嚷嚷，那么整个村子的人都会被叫起来，来看我家的名声能落个什么下场；可我会把这一切都忍了，守口如瓶，因为你是我的妻子。

叶尔玛　如果我能发出声音，我也会大喊大叫，连死人都叫起来，

149

好让他们看看我有多么清白。

胡安 不！那样不行！我什么都能忍，就是这事儿不能忍。你欺骗我，蒙骗我，而我因为是个种地的男人，并没有那么多主意来应付你的鬼心眼儿。

多洛雷斯 胡安！

胡安 你们，啥也甭说！

多洛雷斯 （有力地）你妻子没干任何坏事儿。

胡安 她从成亲那天起就一直在干坏事儿。她看我的时候，两只眼睛就像针一样，夜晚在我身边，睁着眼睛整晚不睡，在我的枕头里装满了可恶的叹息。

叶尔玛 你住嘴！

胡安 我再也受不了了。因为你得是个铁打的人才能在身边容得下一个想把手指插进你心脏的女人，才能忍得了她半夜跑出家去。到底在找什么？你告诉我！到底在找什么？外面满大街都是雄性动物。可没什么花儿好采。

叶尔玛 我不许你再说了，连一个字儿也别再提。你和你那些人以为只有你们才是尽心维护名誉的人，却不知道我的家族从没有任何见不得人的事儿。来吧，你过来闻闻我的衣裳，你过来呀！来看看哪里能找到一丁点儿不属于你，不是你身体发出的气味。你可以让我赤身裸体地待在广场中央，可以对我吐口水；你可以对我为所欲为，因为我是你妻子，但你不能将随便什么男人的名字硬加在我的胸脯上。

胡安 并不是我把男人的名字硬加给你，是你用自己的行为把它加上的。对这事儿村里人已开始说长道短了，已经明明白白地在议论这件事儿了。我走近围拢的人群时，大家就都不说话了；我去给面粉称重，没人吭声；甚至夜晚在田野里，我醒来时都会觉得树枝都沉默无声了。

叶尔玛　我不知道为什么会开始刮那吹倒麦子的邪风——你得看看
那麦子是不是好麦子！

胡安　一个女人整天不在家待着，我也不知道她到底在找什么。

叶尔玛　（冲动之下拥抱了自己的丈夫）我在找你，我是在找你呀，
我日日夜夜地寻找你，却连个能呼吸的方寸之地都找不到。我
渴望的是你的血液和你的庇护。

胡安　你走开！

叶尔玛　别离开我，跟我在一起吧。

胡安　起开！

叶尔玛　你看，我现在孤身一人，就像月亮在天空中寻找它自己。
你看看我！

　　　　（注视着胡安。）

胡安　（看一下叶尔玛，粗鲁地将她推开）别再烦我了！

多洛雷斯　胡安！

　　　　（叶尔玛倒在地上。）

叶尔玛　（高声地）我外出寻找石竹花，却一头撞在墙上。啊呀！啊
呀！就是在这堵墙上，我注定会撞得头破血流。

胡安　住嘴。咱们走吧。

多洛雷斯　我的上帝呀！

叶尔玛　（喊叫）我那可恶的父亲啊，将他那能生一百个儿子的血传
给我；而我这该死的血液，在寻找那一百个儿子的过程中却四
处碰壁。

胡安　我都说了让你住口！

多洛雷斯　有人来了！说话小点儿声。

叶尔玛　我才不在乎呢。起码让我的声音自由地发出来吧，我就要

进到那最黑暗的井底了。(站起来)至少让这动听的声音从我身体里释放出来，充盈在这空气中吧。

（有声音传来。）

多洛雷斯　他们就要到这边来了。

胡安　别出声。

叶尔玛　就是！就是！别出声。你放心吧。

胡安　咱们走吧。快点儿！

叶尔玛　算了！算了！我就算急得直搓手也毫无用处！用头脑去爱是一回事儿……

胡安　闭嘴。

叶尔玛　（低声地）用头脑去爱是一回事儿，而我们那该死的身体没有任何回应却又是另一回事儿。这早已注定，我不会赤手空拳地去和大海抗争。算了！就让我的嘴巴静默无言吧！

（离场。）

幕　落

终　场

深山中一处隐修堂的周围。舞台近景，几个车轮和几条毯子搭成一座简陋的帐篷，叶尔玛就待在那里。一些女人带着供品走进隐修堂，她们都赤着脚。第一幕中那个开朗的老妇出现在舞台上。

（幕布拉开时歌声响起）

你待字闺中，

我视而不见；

你嫁为人妇，

我与你相逢。

夜半钟声响，

茫茫幽暗中，

已婚朝圣女，

我解你罗衫。

老妇 （嘲讽地）你们都喝过圣水了吗？

妇人甲 喝过了。

老妇 现在就看圣徒管不管用了。

妇人乙 我们对他都深信不疑。

老妇 你们是来向圣徒求子的，可结果来这儿朝圣的单身汉倒一年比一年多，这又是怎么一回事儿呢？

（笑。）

妇人甲 你要是不信，那来这儿干吗呢？

老妇 来瞧瞧。我疯了似的想要来瞧瞧，还想着要照看好我的儿子。去年，为了抢一个婚后生不出娃的女人，两个男人居然丢了性命，所以我要注意盯着点儿。说到底，我来这儿就是因为我乐意。

妇人甲 愿上帝宽恕你！

（众人下场。）

老妇 （讥讽地）还是宽恕你吧。

（老妇离开。玛丽亚与姑娘甲上场。）

姑娘甲 她来了吗？

玛丽亚　车在那儿呢。让她们到这儿来可真是费了我好大劲儿呀。她足有一个月没从椅子上站起来了。我都害怕她了。我不知道她脑子里在转什么主意，反正不是什么好主意。

姑娘甲　我跟我姐姐来的。八年了，她年年到这儿来，却根本没结果。

玛丽亚　命中注定有娃的人就能生出孩子来。

姑娘甲　我就是这么说的啊。

（传来人声。）

玛丽亚　这种朝圣我从来就不喜欢。咱们到空场那边儿去吧，人都在那儿呢。

姑娘甲　去年，有天天黑的时候，有几个小子用手抓了我姐姐的胸脯。

玛丽亚　方圆四十里，只能听到那些难听话。

姑娘甲　我看到在隐修堂后面有四十多桶葡萄酒呢。

玛丽亚　单身汉们像河水一样从山上下来了。

（二人离开。传来嘈杂人声。叶尔玛与前往教堂的六名妇人一起上场。她们都光着脚，手持有雕花纹饰的大蜡烛。夜幕降临。）

妇人甲　主啊，请让那玫瑰绽放，
　　　　　勿弃它暗影之中。

妇人乙　在她那枯萎肉体
　　　　　黄玫瑰尽情开放。

玛丽亚　在你那女仆腹中
　　　　　有大地黑暗火焰。

合唱　主啊，请让那玫瑰绽放，
　　　　勿弃它暗影之中。

（叶尔玛和众妇人跪下。）

叶尔玛　天上自有花园，

欢乐玫瑰丛生，

千枝万叶丛中

绽放神奇玫瑰。

如同晨曦初现，

幸得天使守护，

翅膀恰如风暴，

双目满是忧伤。

涓涓温暖乳汁

流淌在它叶旁，

嬉戏还要浸湿

静谧星星脸庞。

主啊，在我枯萎躯体上，

让你玫瑰尽开放。

（起身。）

妇人乙　主啊，请你用手抚慰

她那滚烫脸庞。

叶尔玛　赎罪之人来朝圣，

请你倾听她心声。

玫瑰花开在我身，

纵然遍身布刺针。

合唱　主啊，请让那玫瑰绽放，

勿弃它暗影之中。

叶尔玛　在我枯萎躯体上

神奇绝妙玫瑰开。

（众人下场。姑娘们从左侧跑上场，手里拿着长长的飘带。另外三个姑娘从右侧上场，望着身后。舞台上，人声、牲口脖子上挂的铃铛声越来越响。有七个姑娘出现在高处，朝左侧挥舞着飘带。嘈杂声更响了，两个戴着民间特色面具的人物上场。一个是雄性形象，另一个是雌性形象，都戴着大大的面具。雄性形象手里紧握着一只公牛的牛角。他们一点儿也不粗俗，而是尽显美感，带着纯粹的乡土气息。雌性形象摇着一串大铃铛。）

孩子们 魔鬼和他的老婆！魔鬼和他的老婆！

（舞台深处都是人，一边大声叫喊，一边评论着舞蹈。夜已深。）

雌性形象 山间河水潺潺流，
忧伤妻子浴其间。
水中蜗牛攀上身，
亦步亦趋缓上行。
岸边漫漫铺细沙，
山间熊熊燃火焰，
赐她笑容热似火，
战栗森森穿背过。
啊，水中少女呀，
赤裸胴体尽显现！

男孩 啊，心中戚戚幽怨多！

男人甲 啊，真情爱意已凋残！

男孩 流水冲刷风吹去！

男人乙 快快说出在等谁！

男人甲 说出等待为何人！

男人乙 啊，她的肚儿已干瘪，

　　　　她的容颜已憔悴！

雌性形象 待到明亮夜色至，

　　　　我自开言直相告。

　　　　待到朝圣之夜到，

　　　　我定撕开裙裾边。

男孩 夜晚即刻到来，

　　　　暮色正在降临！

　　　　快看山间溪水，

　　　　已成幽暗一片。

　　（吉他声响起。）

雄性形象 （站起来，挥舞着牛角）

　　　　啊，忧愁悲伤已婚妇，

　　　　白皙素肤如凝脂！

　　　　满腹幽怨花丛中！

　　　　只待郎君披风展，

　　　　便成石竹虞美人。

　　（走近）

　　　　若你来到朝圣会，

　　　　祈求腹中育新生，

　　　　勿着丧服黑面纱，

　　　　换上柔软细布衫。

　　　　只身前往围墙后，

　　　　无花果树密丛中，

　　　　承受吾辈泥土身，

　　　　直至黎明呻唤起。

啊，多么耀眼辉煌！

啊，曾经耀眼辉煌！

啊，那妇人摇曳战栗！

雌性形象 啊，王冠与花环，

爱情来馈赠，

闪耀金投枪，

刺入她胸膛。

雄性形象 呻吟声闻有七次，

次第起身共九下，

茉莉花遇甜橙果，

总共交合十五回。

男人丙 快用牛角给她一下！

男人乙 还有玫瑰与舞蹈。

男人甲 啊，那妇人摇曳战栗！

雄性形象 在这朝圣大集，

男人发号施令。

夫君如同公牛，

男人发号施令，

集上如花美人，

芳心自有所托。

男孩 向她吹口气儿。

男人乙 给她一树枝儿。

雄性形象 快来看那光芒，

她正沐浴其中！

男人甲 如灯心草般弯曲。

男孩 如花朵一般疲惫。

158

男人们 姑娘们请让开!

雄性形象 就让舞蹈燃烧，

完美已婚少妇

躯体光芒四射!

（人们伴着音乐拍着手跳着舞离开，唱歌）

天上自有花园，

欢乐玫瑰丛生，

千枝万叶丛中

绽放神奇玫瑰。

（两个姑娘叫喊着又经过舞台。开朗的老妇上场。）

老妇 来看看事后你们会不会让我们睡觉。不过再往后就该是她了。（叶尔玛上场）是你?（叶尔玛神情沮丧，沉默不语）你倒是跟我说说，你到底为了啥到这儿来的啊?

叶尔玛 我不知道。

老妇 你还是不太确信吗? 你男人呢?

（叶尔玛显得疲惫不堪，似乎心中的一个执念正占据着她的头脑。）

叶尔玛 在那边儿呢。

老妇 干什么呢?

叶尔玛 喝酒呢。（停顿。抬起双手捂住前额）唉!

老妇 哎，哎，少叹叹气，多提提神。之前我并不想跟你说什么，现在我却有话跟你说。

叶尔玛 还有什么你要跟我说的话是我不知道的!

老妇 是不能不说的话，是那些显而易见的事儿。问题出在你男人身上，听见了吗? 不是这样的话我就把手剁了。他老子，他爷爷，外加他太爷，没一个有个男人样儿。要想生出儿子，必有

159

乾坤交合。可他们家人都是黏糊糊的软蛋。而你们家人就不是这样。你在方圆百里内到处都有兄弟姐妹，表的堂的兄弟姐妹也是一大堆。你看，在你这美人儿的身上居然就摊上这么倒霉的事儿！

叶尔玛　倒霉事儿。就像一坑的毒液都浇在了麦穗上。

老妇　可你有脚，可以离开家呀。

叶尔玛　离开家？

老妇　我在朝圣大集上看到你，心里就是一震。女人们来这儿都是想另找男人，然后圣徒才会创造奇迹。我儿子正坐在隐修堂的后面等着我。我家里需要个女人。你跟他走吧，以后就是我们仨一起过日子。我儿子可是个有血性的男子汉，就跟我一个样儿。要是你来了我家，会发现那儿还有摇篮的气味。你裤子的灰烬，会给你变成养儿育女的盐和面包。来吧，别理会其他人。至于你丈夫，我家有的是胆量和武器，让他连那条街都不敢过。

叶尔玛　闭嘴吧，住口。根本不是那么回事儿！我绝不会那么做！我才不去动这个心思。你觉得我会去找别的男人？那我的名声该往哪儿放？水不会倒流，满月也不会在中午出现。你快走开。我还继续走我的路。你当真以为我会委身于别的男人吗？让我如奴婢一般去求取本就属于我的东西吗？你还是打听打听我是什么样的人吧，好别再跟我说这种话。我才不会去找。

老妇　一个人要是口渴，有水喝就会感激不尽。

叶尔玛　我是一片干渴的田野，容得下一千对牛儿耕耘，而你给我的却只有一小杯井水。我的痛已经不是肉体的痛了。

老妇　（大声地）那就继续这样下去吧。那可是你自己愿意的。就像旱地里的刺儿菜，干枯又扎手。

叶尔玛　（大声地）干枯，没错儿，我知道，会干枯！你用不着老来张嘴数落我。你可别像那些折腾垂死小动物的孩子那样给自己找乐子。自打我成了亲，我就反复琢磨这句话，不过这还是我第一次听人当着我面儿这么说，第一次看到这事儿是千真万确的。

老妇　我根本就不同情你，一点儿也不。我要去给我儿子找别的女人。

　　（离开。远处传来朝圣者们合唱的歌声。叶尔玛朝马车走过去，她丈夫从车子后面出来。）

叶尔玛　你刚才一直都在那儿？

胡安　在。

叶尔玛　暗中监视？

胡安　对。

叶尔玛　那你都听见了？

胡安　听见了。

叶尔玛　怎么样？别管我了，到唱歌的地方去吧。

　　（坐在了毯子上。）

胡安　也该让我说说了。

叶尔玛　你说吧！

胡安　也该让我发发牢骚了。

叶尔玛　有什么理由？

胡安　我是有苦说不出啊。

叶尔玛　而我的苦已在骨头里了。

胡安　实在要受不了这没完没了的埋怨了，为的还都是那些生活之外、飘在空中的说不明白的事儿。

叶尔玛　（惊讶而激动）你说是生活之外的事儿？你说是飘在空中的事儿？

161

胡安 为了些根本没发生过的事儿，那些事儿你我都没法左右。

叶尔玛 （激烈地）说下去！说下去！

胡安 那些事儿对我来说无关紧要。你听见了吗？我根本就不在乎。我必须跟你讲清楚。我在乎的是握在手里的东西，是我能看得到的东西。

叶尔玛 （跪着立起身来，绝望地）就是这样，就是这样。这就是我一直以来想从你嘴里听到的话。如果身处于事实之中，就会对事实无知无觉。可一旦置身事外举起手臂，那事实就会变得声高体大，不容忽视了！他根本不在乎！我可算听清楚了！

胡安 （走近）你想想，这事儿就该这样。听我说。（拥抱叶尔玛，扶她起身）很多女人要是能过上你的生活，不知得有多幸福呢。没有子女的生活是最让人舒心的了。没有孩子我觉得很幸福。咱俩谁也没有错儿。

叶尔玛 那你指望从我这儿得到什么呢？

胡安 我就想要你这个人。

叶尔玛 （激动地）原来如此！你想要的是房子、安宁和一个女人。再无他求。我说得对不对？

胡安 没错儿。跟大家伙儿都一样嘛。

叶尔玛 那别的呢？你的儿子呢？

胡安 （大声地）你没听见我说我不在乎嘛！别再来问我了！我是不是得在你耳边大喊大叫你才能明白这一点？我倒要看看你是不是从此就能安生过日子了！

叶尔玛 你看着我如此渴望有个孩子的时候，就从来没想过他吗？

胡安 从来没有。

　　（两人坐在地上。）

叶尔玛 我连有孩子的盼头都不能有吗？

162

胡安　不能。

叶尔玛　你也不会盼着他吗？

胡安　不会。你就死了这条心吧！

叶尔玛　彻底枯萎！

胡安　安生过日子吧！一个陪着另一个，温柔地、愉悦地过日子。来拥抱我吧！

　　（拥抱叶尔玛。）

叶尔玛　你到底想要什么？

胡安　我就要你这个人。月光下你可真漂亮。

叶尔玛　你想要我就像你想吃掉一只母鸽子。

胡安　吻我……就像这样。

叶尔玛　不行，绝不。（叶尔玛高喊一声，掐住丈夫的喉咙。胡安向后倒下。叶尔玛掐住他的喉咙直到将他掐死。朝圣的合唱声响起）枯萎，凋零，却安心了。我现在对此确信无疑了。还有孤独。（站起身。人们开始聚集）我要休息了，再也不会突然惊醒了，不用再去确认我的血里是否会有新的血液加入了。我的身体永远干涸了。你们想知道什么？别靠近，因为我已经杀死了我的儿子。我亲手杀死了我的儿子！

　　（人群聚集到舞台背景处，静止不动。朝圣的合唱声响起。）

幕　落

贝尔纳达·阿尔瓦之家

西班牙乡村女性戏剧

人物表

贝尔纳达（60岁）

玛丽亚·何塞法（贝尔纳达之母，80岁）

安古斯蒂亚丝（贝尔纳达之女，39岁）

玛格达莱娜（贝尔纳达之女，30岁）

阿梅丽娅（贝尔纳达之女，27岁）

玛蒂里奥（贝尔纳达之女，24岁）

阿黛拉（贝尔纳达之女，20岁）

庞西娅（女佣，60岁）

女佣（50岁）

普鲁登西娅（50岁）

带女孩的女乞丐

妇人甲

妇人乙

妇人丙

妇人丁

姑娘

送葬的妇人们

作者提示：这三幕戏剧意图发挥图像化纪实呈现的作用。

第一幕

ACTO

PRIMERO

贝尔纳达家一片雪白的房间内景。墙壁粗厚。拱门上挂着缀着流苏和荷叶边的黄麻布帘子。几把香蒲草坐垫的椅子。几幅描绘神话中宁芙仙女或国王的非现实风格的画像。正值夏日。一片阴郁的寂静笼罩着整个舞台。幕启时舞台上空无一人。丧钟的声音响起。女佣上场。

女佣　这丧钟的声音直往我脑仁儿里钻。

庞西娅　（吃着面包和腊肠上场）叮叮当当地敲了两个多钟头了。各村各镇的神父们都来了。教堂搞得很漂亮。不过念头遍悼亡经的时候玛格达莱娜就晕倒了。

女佣　那丫头可是最孤僻的。

庞西娅　只有她还算爱她们的老爹。唉，感谢上帝，我们总算能自己待会儿了。我过来吃口饭。

女佣　要是让贝尔纳达瞧见可有你受的！

庞西娅　她要是自己现在不吃东西，就巴不得我们大家都饿死！霸道！跋扈！还是个暴脾气！不过我把存腊肠的罐子给她弄开了。

女佣　（有些伤心，焦急地）庞西娅，你怎么不拿来一点儿，我好给我闺女？

庞西娅　你也进去拿上一把鹰嘴豆吧。反正今天她不会发现的！

声音　（来自场外）贝尔纳达！

庞西娅　是那老太婆。她被关牢了吧？

女佣　钥匙转了两圈呐。

庞西娅　门闩你也得给插上啊。她那手指头可抵得上撬锁的铁钩子。

声音　贝尔纳达！

庞西娅　（朝着声音的方向）她这就来！（对女佣）赶紧把一切都打扫干净。要是贝尔纳达看不到所有东西都锃光瓦亮的，她准能把我这没剩几根儿的头发都薅掉。

女佣　这种女人啊！

庞西娅　对所有围着她转的人来说，她就是个女暴君。她能沉沉地压着你的心，那张可恶的脸上总带着一丝冷笑，能在足足一年的时间里就那样眼睁睁看着你怎样死去。快擦！快把那瓶瓶罐罐的都擦干净！

女佣　我什么都得清洗，手都擦出血了。

庞西娅　她，最是整洁有序，最是体面端庄，最是高高在上。她可怜的丈夫这回倒是可以安息了。

　　（钟声停止。）

女佣　他们家的亲戚都来了吗？

庞西娅　来的都是贝尔纳达家的亲戚。她丈夫家的亲戚都恨她。他们来瞧了瞧逝者，对贝尔纳达可是避之唯恐不及。

女佣　椅子够不够呀？

庞西娅 有富余的呢。没有就让他们坐地上呗。自打贝尔纳达的老爹去世，这房子里就再没来过什么人。她不愿意人家看见她当家的房子什么样。可恶！

女佣 她对你还算不错。

庞西娅 整整三十年，我给她洗床单，吃她的残羹剩饭，夜里她咳嗽的时候彻夜伺候，白天整天整天地透过栅栏偷看邻居们的行动，然后再把各种八卦报告给她——我们彼此之间没有秘密可言。不过，真该死！我恨不得她眼睛里长个疔才好！

女佣 你呀！

庞西娅 不过我可算得上是条好狗——她让我叫我就叫，她一挑唆，我就去咬那些叫花子的脚后跟儿。我的儿子们都在她的田地里干活儿，两个儿子如今都已成了亲，但总有一天我也会厌烦的。

女佣 到那一天……

庞西娅 等到那一天，我要把自己跟她一起关在一间屋里，啐她整整一年的口水。"贝尔纳达，啐你是为了这件事儿，为了那件事儿，还有另外那件事儿"，直到让她变成一条被小孩子们折腾散架的蜥蜴，她和她全家都该如此。当然，我才不眼红她的生活呢。她还有五个女儿，五个丑闺女。不算年龄最大的安古斯蒂亚丝——那是贝尔纳达和第一个丈夫生的女儿，她手里有钱——其他几个丫头，衣饰上都带着很多刺绣花边，穿着的也都是细布衬衫，可是能继承的财产也就那么仨瓜俩枣儿。

女佣 我倒是巴不得能拥有她们的东西呢！

庞西娅 咱们所拥有的也就是自己的一双手和墓地里的一个坑儿罢了。

女佣 那就是咱们这些一无所有的人所能得到的唯一的土地了。

庞西娅 （在食橱旁）这块玻璃上还有几个小斑点。

169

女佣　不管是用肥皂还是用抹布都弄不掉呀。

　　　　（钟声响起。）

庞西娅　最后一遍悼亡经了。我要去听听。我可喜欢听教区神父诵唱经文了。在"我们的圣父"那段儿嗓门儿就得拔高、拔高，再拔高，就像罐子里头一点一点地灌满水；到了结尾自然就跟鸡打鸣儿一样——不过听起来还是挺来劲！可现如今谁也没法跟过去那位"声断松"神父比了。在给我那已升天的老妈做弥撒的时候，他就唱来着。那声音震得墙壁嗡嗡直响，等唱到"阿门"那一刻，简直就像有一头狼闯进了教堂。（模仿神父）阿——门——！

　　　　（咳嗽起来。）

女佣　你这样会把嗓门儿都扯破的。

庞西娅　我倒是把另一个门儿给扯破了呢！

　　　　（笑着下场。女佣打扫。钟声响起。）

女佣　（唱着）叮叮当，叮叮当，上帝已将他宽恕！

女乞丐　（带着一个小女孩）赞美上帝！

女佣　叮叮当，让他等我们好多年！叮叮当。

女乞丐　（有些生气地大声说）赞美上帝！

女佣　（生气地）永远赞美！

女乞丐　我来讨点儿剩饭。

　　　　（钟声停息。）

女佣　出去到街上去吧。今天的剩饭都归我啦。

女乞丐　大妈，你总还有人给你挣活路，我和我闺女就能靠自己。

女佣　那些狗也都靠自己，不也都还活着。

女乞丐　人家总是给我们剩饭的。

女佣　从这儿出去。谁让你们进来的？你们把地都给我踩脏了。

（二人离开。女佣打扫）油漆过的地板、橱柜、立柱、钢丝床，而我们这些住在土屋陋居的女人却只能将就用着一个盘子一把勺儿。但愿有一天我们连一个能说这些的人都别剩下！（钟声又响了起来）对，对，就让丧钟敲起来吧！带来镶金边的棺材，再铺上绸巾把它抬走吧。到时候你跟我都会是一个样儿！你就受着去吧，安东尼奥·玛丽亚·贝纳维德斯，穿上你的呢子套装和高筒靴。你就受着去吧！你再也不能在牲口棚的门后面撩起我的衬裙了。

　（在舞台深处，身着丧服的女人们一对一对地开始上场，披着大大的披巾，身穿黑裙，手持黑扇。她们慢慢地上场，直到占满整个舞台。）

女佣　（忽地喊叫起来）啊呀，安东尼奥·玛丽亚·贝纳维德斯，你再也看不到这些墙壁，吃不着家里的面包了！在伺候过你的女人当中，我是最爱你的那一个啊。（扯着自己的头发）你走了以后我还要活着吗？我还要活着吗？

　（二百个穿丧服的女人都进来之后，贝尔纳达和她的五个女儿上场。贝尔纳达拄着一根手杖。）

贝尔纳达　（对女佣）肃静！

女佣　（哭着）贝尔纳达！

贝尔纳达　少嚷嚷，多干事儿。你本应把一切都收拾得更干净，好接待吊丧的客人们。快走开吧，这不是你待的地儿。（女佣抽泣着离开）穷人就跟畜生差不多。他们就好像是由其他材料做成的。

妇人甲　穷人也会感受到自己的痛苦。

贝尔纳达　可在一盘子鹰嘴豆跟前他们就会忘了那些痛苦。

姑娘　（羞怯地）要想活着就得吃饭啊。

173

贝尔纳达　你这样的年纪，还不配在大人们跟前说话。

妇人甲　丫头，快闭嘴。

贝尔纳达　我从来都不会让人来教训我。你们都坐吧。（众人落座。停顿。大声地）玛格达莱娜，别哭了。你要是想哭就钻床底下哭去。听见没有？

妇人乙　（对贝尔纳达）你们打谷场的活已经开始干了吗？

贝尔纳达　昨天就开始了。

妇人丙　太阳就像块铅一样落下去了。

妇人甲　好多年我都没见过这么热了。

　　　　（停顿。所有人都在扇扇子。）

贝尔纳达　柠檬汁儿做好了吗？

庞西娅　做好了，贝尔纳达。

　　　　（端着一个大托盘上场，托盘里摆满了白色的小罐子，将罐子分给众人。）

贝尔纳达　也给那些男人送去。

庞西娅　他们都在院子里喝呢。

贝尔纳达　让他们从哪儿进来就从哪儿出去。我可不想让他们从这儿经过。

姑娘　（对安古斯蒂亚丝）"罗马人"佩佩刚才跟那些来吊丧的男人在一块儿来着。

安古斯蒂亚丝　他是在那儿呢。

贝尔纳达　那是他母亲。她看见了佩佩的母亲，但她和我都没见着佩佩。

姑娘　我觉得……

贝尔纳达　达拉哈利村的那个鳏夫倒真的是在那儿。就在你姨妈旁边。我们这些女人都看见他了。

174

妇人乙 （私底下小声地）恶妇，真是坏透了！

妇人丙 （同样私底下小声地）舌头就跟刀子一样！

贝尔纳达 女人在教堂里就不该去看执事神父之外的男人，可以看神父也是因为他也是穿袍裙的人。那些左顾右盼的，都是为了勾搭穿裤子的汉子。

妇人甲 （低声地）真是个狡诈透顶的老太婆！

庞西娅 （咬牙切齿地）她才是想汉子想得直抽筋儿！

贝尔纳达 （用手杖敲了一下地面）赞美上帝！

众妇人 （画着十字）永远祝福并赞美他。

贝尔纳达 安息吧，首轮祭灵游行已开始了。

众妇人 安息吧！

贝尔纳达 身边有大天使圣米迦勒和他的正义之剑。

众妇人 安息吧！

贝尔纳达 带着能打开一切的钥匙，和能关闭一切的手。

众妇人 安息吧！

贝尔纳达 有心善之人相伴，有旷野之光照耀。

众妇人 安息吧！

贝尔纳达 有我们圣洁的仁慈相伴，有大地和海洋的灵魂相伴。

众妇人 安息吧！

贝尔纳达 请将你神圣荣光的冠冕赐予你的仆人安东尼奥·玛丽亚·贝纳维德斯，请让他安息。

众妇人 阿门。

贝尔纳达 （站起来唱道）"主啊，请赐予他们永恒的安息。"

众妇人 （站起来，以格里高利圣咏的方式诵唱）"并让永恒之光将他们照耀。"

（画十字。）

妇人甲 愿你能健康地为他的灵魂祈祷。

（妇人们排成队。）

妇人丙 你永远不会缺热乎乎的面包。

妇人乙 你的女儿们也不会没房住。

（所有妇人排成队从贝尔纳达面前走过，离场。安古斯蒂亚丝从朝向院子的另一道门离场。）

妇人丁 愿你能继续享用自己成亲时获得的财富。

庞西娅 （拎着一个口袋上场）这袋子里都是人家给的钱，要拿去给亡者诵经超度的。

贝尔纳达 去谢谢他们，给他们倒杯烧酒。

姑娘 （对玛格达莱娜）玛格达莱娜……

贝尔纳达 （对开始哭泣的玛格达莱娜）嘘。（用手杖敲打。妇人们全都离开。对离开的那些人）快回你们的窑洞去对看到的一切说长道短去吧！不过上个十年八年的就别想着再进我家的门儿了。

庞西娅 你用不着抱怨。全村人都来了啊。

贝尔纳达 那倒是，搞得我家到处都是粗布裙的汗臭和她们那些舌头的毒汁。

阿梅丽娅 母亲，您别这么说呀！

贝尔纳达 在这个可恶的村子里就得这么说。这里没有河，只有井，人们喝水时便总是提心吊胆，生怕自己中毒。

庞西娅 瞧他们把瓷砖地面弄成啥样了呀！

贝尔纳达 简直就像从上面过去了一群山羊。（庞西娅擦地）丫头，给我把扇子。

阿黛拉 给您。

（将一把有红绿花卉的团扇递给她。）

贝尔纳达 （将扇子扔到地上）这是该给寡妇用的扇子吗？给我一把黑色的，学学该怎么给你父亲守孝。

玛蒂里奥 您拿我的用吧。

贝尔纳达 那你呢？

玛蒂里奥 我不热。

贝尔纳达 去再找一把，你会需要的。在守丧的八年时间里，街上的风休想有半分吹到这家里来。你们就当咱们已经用砖把门窗都封死了。在我爷爷和我父亲的家里都是这么过来的。同时，你们也可以开始绣嫁妆了。我箱子里存着二十块麻布布料，你们可以用来裁床单和被头。玛格达莱娜可以给这些都绣上花儿。

玛格达莱娜 我绣不绣都行。

阿黛拉 （尖酸地）要是你不想绣，那些床单、被头上就没花儿了，那你的嫁妆就成了最光鲜的了。

玛格达莱娜 我的和你们的我都不绣。我知道我根本就不会结婚。我宁愿带着口袋到磨坊去。我什么都能做，就是不愿整天整天地坐在这黑屋子里。

贝尔纳达 身为女人就是这个命。

玛格达莱娜 真是受了诅咒才会做女人。

贝尔纳达 在这里，一切都得照我的吩咐来。你已经不能再跟你爹搬弄是非了。拿针拈线的活儿该是女人来做，执鞭赶骡子的事儿就得是男人来干。生在有钱人家就得是这样儿。

（阿黛拉离场。）

声音 贝尔纳达，让我出去！

贝尔纳达 （高声地）你们让她出来！

（女佣上场。）

女佣 把她抓住可真是费了我老大劲儿。就算已经八十岁了，你妈

177

还是壮得像棵橡树。

贝尔纳达 她这可是家传。我外婆也这样儿。

女佣 在葬礼进行的当口儿，有好几回我都得用一条空口袋去堵她的嘴，因为她老是要叫你，让你给她那根本就没法儿喝的刷锅水，还有狗肉，还说你给她吃喝的就是这些。

玛蒂里奥 她就是居心不良！

贝尔纳达 （对女佣）让她到院子里去透透气。

女佣 她把她的戒指和水晶耳坠都从首饰匣子里拿出来，还把它们都戴起来，跟我说她想成亲。

（女儿们都笑了起来。）

贝尔纳达 你去跟着她，小心别让她到井边去。

女佣 你不用担心她会跳井。

贝尔纳达 不是因为这个。要是到了水井那边儿邻居们就能从自家窗户看到她了。

（女佣离场。）

玛蒂里奥 我们要去换衣服了。

贝尔纳达 去吧。但是头巾可不能换。（阿黛拉上场）安古斯蒂亚丝呢？

阿黛拉 （讥讽地）我看见她在大门门缝那儿探头探脑呢。那些男人刚刚离开。

贝尔纳达 那你到大门口又是干什么去了？

阿黛拉 我去看看鸡有没有下蛋。

贝尔纳达 可是送葬的男人们已经都走了！

阿黛拉 （故意地）还有一群人待在外面呢。

贝尔纳达 （愤怒地）安古斯蒂亚丝！安古斯蒂亚丝！

安古斯蒂亚丝 （上场）您有何吩咐？

贝尔纳达　你在张望什么？看谁呢？

安古斯蒂亚丝　没看谁。

贝尔纳达　你这种地位的女人，在给父亲做弥撒的日子里这么眼巴巴地跟在个男人后面，这体面吗？说！你在看谁呐？

　　　（停顿。）

安古斯蒂亚丝　我……

贝尔纳达　你！

安古斯蒂亚丝　没看谁！

贝尔纳达　（持着手杖走上前）狐媚子！骚货！

　　　（殴打安古斯蒂亚丝。）

庞西娅　（跑上来）贝尔纳达！冷静点儿！

　　　（拉住贝尔纳达。安古斯蒂亚丝哭泣。）

贝尔纳达　都滚出去！

　　　（女儿们离场。）

庞西娅　她那么做的时候根本没意识到会有什么后果，这确实不像话。看到她悄悄溜去院子那边儿的时候我都吓了一大跳！然后她就在窗子后面偷听那些男人的谈话，不过跟往常一样，根本听不见。

贝尔纳达　那些送葬的人就是来聊天儿的！（好奇地）他们都说些什么？

庞西娅　他们在谈论"小玫瑰"帕卡。昨晚有人把她丈夫捆在牲口槽上，又把她驮在马背上，一直带到橄榄园那边的山上去了。

贝尔纳达　那她怎么样了？

庞西娅　她呀，正巴不得呢。听说胸脯都露在外面了，马克西利阿诺就像抱着把吉他似的抱着她，真吓人！

贝尔纳达　后来怎么样了？

庞西娅　该咋样就咋样了呗。他们快天亮了才回来。"小玫瑰"帕卡披头散发的，脑袋上还戴着个花冠。

贝尔纳达　她可是咱们村里独一份的荡妇。

庞西娅　因为她根本不是本地人，而是打老远的地方来的。那些跟她鬼混的家伙也都是些外乡人的子弟。这儿的男人才不会那样儿呢。

贝尔纳达　他们是不会那样儿。不过他们对这种事儿可是乐得围观说道，就巴望着出这种事儿呢。

庞西娅　他们还讲了好多别的事儿呢。

贝尔纳达　（环顾左右，带着些担心地）什么事儿？

庞西娅　我都不好意思提。

贝尔纳达　这些我闺女都听见了？

庞西娅　那是当然！

贝尔纳达　那丫头就是随她的姑姑们——怯生生、软绵绵的，男人随便说点儿什么奉承话，她们就睁着双绵羊似的眼睛瞅着人家。要想让人们都正派体面，别太放纵，那得受多少苦，费多少劲啊！

庞西娅　你的闺女们都已经到了该操心婚事的年纪了！你为她们可真没怎么费心思。安古斯蒂亚丝该有三十好几了吧。

贝尔纳达　刚好三十九了。

庞西娅　你想想看。她还从没有过相好的呢……

贝尔纳达　（恼怒地）没有，我的闺女里没一个有过相好的！她们根本用不着，照样能过得很好。

庞西娅　我可没想冒犯你。

贝尔纳达　方圆百里之内谁也别想接近她们。这里的男人都配不上她们。难道你想让我把她们交给随便哪个庄稼汉？

182

庞西娅　你倒是该上别的村子去看看。

贝尔纳达　没错，去那儿把她们都卖了！

庞西娅　不是，贝尔纳达，只是为了换换地方……当然，在别的地方她们就成了穷人了！

贝尔纳达　快让那折磨人的舌头消停下来吧！

庞西娅　跟你真是没法聊。咱们彼此到底有没有信任？

贝尔纳达　没有。你给我干活，我付你工钱，仅此而已！

女佣　（上场）堂阿图罗来了，来处理遗产分配的事情。

贝尔纳达　咱们走吧。（对女佣）你，去把院墙刷刷白。（对庞西娅）你呢，去把死者的所有衣服都收到那口大箱子里去。

庞西娅　有些东西我们也许可以给……

贝尔纳达　什么都不给。一颗纽扣都不给！连给死人蒙脸的那块帕子都不给！

　　　（拄着手杖慢慢离开。临下场时，回头又看了看她的女佣们。两个女佣随后也离开。阿梅丽娅和玛蒂里奥上场。）

阿梅丽娅　你吃过药了吗？

玛蒂里奥　吃了又有什么用！

阿梅丽娅　但你毕竟是吃了啊。

玛蒂里奥　我如今只能像个钟表一样地做事情，根本已经没有什么信念了。

阿梅丽娅　自从来了那个新大夫，你就精神多了。

玛蒂里奥　我也是这么觉得。

阿梅丽娅　你注意到了吗？丧礼时阿德莱达没在。

玛蒂里奥　我早知道。她未婚夫连大门都不让她出。以前她多快活，现在脸上连粉都不搽了。

阿梅丽娅　现在真是让人搞不清是有未婚夫更好还是没有未婚夫

更好。

玛蒂里奥　　有和没有其实都一样。

阿梅丽娅　　都怪这种闲言碎语，简直不给咱们活路。那段日子阿德莱达估计过得很糟心。

玛蒂里奥　　但那些人都怕咱妈。咱妈可是唯一一个了解她爹历史以及她家土地来源的知情人。每次阿德莱达来，咱妈都拿这个事儿去刺激她。她爹为了跟他第一个老婆结婚，在古巴杀死了那女人的丈夫，到了这儿就把她给甩了，跟另一个带着个女儿的女人跑了，再往后又跟那个女儿扯上了关系，那就是阿德莱达的妈妈，在他第二个老婆发疯死掉后，他才跟阿德莱达的妈妈成了亲。

阿梅丽娅　　这个混蛋，为什么没进监狱呀？

玛蒂里奥　　因为男人们都彼此帮忙隐瞒这类事情，没人会去揭出来。

阿梅丽娅　　可是这事儿阿德莱达又没有错儿。

玛蒂里奥　　她是没错儿，不过事情都是会反复发生的。我看一切都是可怕的重复。她的命运跟她母亲和她外祖母的简直如出一辙，而她俩都是跟她生父关系最密切的女人。

阿梅丽娅　　这可真是了不得的大事儿啊！

玛蒂里奥　　最好永远别见男人。从小我就害怕男人。我看着他们在牲口棚里套牛，吵吵闹闹、踢踢踏踏地扛麦子口袋，总担心有朝一日得被他们抱在怀里。上帝让我软弱又难看，使他们彻底离我远远儿的。

阿梅丽娅　　你别这么说！恩里克·乌马内斯就曾追过你，他喜欢你。

玛蒂里奥　　那都是人们凭空杜撰！说我在一个晚上穿着内衣在窗边一直待到天亮，因为他让雇工的女儿通知我说他要来，可结果却没来。那全都是胡说八道。后来他跟另一个比我有钱的女人成亲了。

阿梅丽娅 可那女的就像个丑八怪。

玛蒂里奥 长得丑对他们来说又有什么要紧的！他们看重的是土地、牲口，还有能给他们饭吃的温顺的"母狗"。

阿梅丽娅 唉！

（玛格达莱娜上场。）

玛格达莱娜 你们干什么呢？

玛蒂里奥 在这儿待着呗。

阿梅丽娅 你呢？

玛格达莱娜 我到杂物间去转转，四处走走。我看到了咱们外婆的绣花麻布、那只毛线小狗，还有咱们小时候特别喜欢的跟狮子搏斗的黑人。那时候是多么快活啊。一场婚礼会持续十天时间，人们也不会胡说八道。如今一切倒是都更讲究了，新娘们都像城里人一样蒙上白色头纱，葡萄酒也都喝瓶装的，可是我们总得为人们的口舌长短烦恼不休。

玛蒂里奥 上帝才晓得是怎么回事！

阿梅丽娅 （对玛格达莱娜）你有只鞋的鞋带开了。

玛格达莱娜 那又怎么样！

阿梅丽娅 你会自己踩到鞋带儿摔倒的。

玛格达莱娜 正好又少一个！

玛蒂里奥 阿黛拉呢？

玛格达莱娜 啊！她穿上那件打算生日那天穿的绿衣服，到鸡棚去了，到那儿就开始嚷嚷："母鸡，母鸡，你们都快看看我！"我真是忍不住笑哇！

阿梅丽娅 让咱妈瞧见她这样就好了！

玛格达莱娜 可怜的丫头！她可是我们当中岁数最小的，心气儿又高。我巴不得看到她能幸福！

（停顿。安古斯蒂亚丝手里拿着几条毛巾走过舞台。）

安古斯蒂亚丝 几点了？

玛蒂里奥 该有十二点了。

安古斯蒂亚丝 已经这么晚了？

阿梅丽娅 马上就要十二点了。

（安古斯蒂亚丝离场。）

玛格达莱娜 （故意地）你们都知道了吗？……

（指了指安古斯蒂亚丝。）

阿梅丽娅 不知道呀。

玛格达莱娜 咱们走吧！

玛蒂里奥 我不知道你指的是什么事儿！……

玛格达莱娜 既然你们俩总是像两只小绵羊似的交头接耳却不跟
任何人透露半分，那这事儿你们俩该比我知道得更清楚！就是
"罗马人"佩佩的事儿呗！

玛蒂里奥 啊！

玛格达莱娜 （模仿玛蒂里奥）啊！整个村子都在议论这事儿。"罗
马人"佩佩就要来跟安古斯蒂亚丝成亲了。昨晚他就在这房子
周围转悠，我相信他很快就会派人来提亲了。

玛蒂里奥 我很高兴！他是个好男人。

阿梅丽娅 我也很开心。安古斯蒂亚丝的条件不错。

玛格达莱娜 你们俩谁也不开心。

玛蒂里奥 玛格达莱娜！你这丫头！

玛格达莱娜 如果他来是为了安古斯蒂亚丝这个人，是把安古斯蒂
亚丝作为女人来看待，那我也会很高兴的；但他来就是为了钱。
虽然安古斯蒂亚丝是咱们的姐姐，可既然咱们都是一家人，就

得承认她岁数大了，体弱多病，一直都是咱们所有人当中最不出众的那一个。因为如果她二十岁的时候就像一根撑着衣服的竹竿，那如今她四十岁了又能成什么样子呢！

玛蒂里奥 你别这么说呀。运气总是会降临在最不抱期待的人身上。

阿梅丽娅 说来说去她终于说了实话！安古斯蒂亚丝有她父亲的钱，她可是这家里唯一一个富有的女人，也正因如此，咱们的父亲现在一死，要分遗产了，那些人就来找她了！

玛格达莱娜 "罗马人"佩佩二十五岁，他可是这地方所有人里最棒的小伙子；要说合情合理的话，应该是他来向你阿梅丽娅提亲，或者来求娶咱们那才二十岁的阿黛拉，而不是去找这家里最不起眼儿的那一个，一个跟她老爹一样用鼻子说话的女人。

玛蒂里奥 也许他就是喜欢安古斯蒂亚丝呀！

玛格达莱娜 我一直都受不了你的虚伪！

玛蒂里奥 上帝保佑我们吧！

（阿黛拉上场。）

玛格达莱娜 那些母鸡都看见你啦？

阿黛拉 你指望我怎么办？

阿梅丽娅 要是让咱妈看见，她可是会扯着你的头发拖着走！

阿黛拉 我曾经多么想穿这条裙子啊。我曾想在咱们到水车那儿去吃西瓜的日子穿上它。根本就没有哪条裙子能跟这一条媲美。

玛蒂里奥 可真是条漂亮的裙子啊！

阿黛拉 我穿着也特别合身儿。这是玛格达莱娜裁剪得最好的衣服了。

玛格达莱娜 那些母鸡都跟你说什么了？

阿黛拉 送了我好多只跳蚤，把我腿上咬得都是包。

（众人笑。）

玛蒂里奥　你能做的就是把那衣裳染成黑色。

玛格达莱娜　她最好把那件衣裳送给安古斯蒂亚丝，让她在跟"罗马人"佩佩成亲的时候穿！

阿黛拉　（压抑着感情）可是"罗马人"佩佩他……

阿梅丽娅　你没听说吗？

阿黛拉　没有。

玛格达莱娜　那么现在你知道了！

阿黛拉　可这根本不可能！

玛格达莱娜　有钱就什么都有可能了！

阿黛拉　所以安古斯蒂亚丝才跟在送葬人后面出去，透过门缝偷看吗？（停顿）那个男人居然会……

玛格达莱娜　他啥事儿都干得出来。

　　（停顿。）

玛蒂里奥　你想什么呢，阿黛拉？

阿黛拉　我在想，这次服丧正好赶上我一生中要经历的最糟心的时期。

玛格达莱娜　你会习惯的。

阿黛拉　（气得哭了起来）不行，我可习惯不了！我不想被关起来。我才不想像你们一样臃肿发胖！不想在这些房间里失去我的白皙美丽！明天我就穿上我的绿裙子到街上溜达去！我要出去！

　　（女佣上场。）

玛格达莱娜　（专横地）阿黛拉！

女佣　可怜的姑娘！她为她父亲感到多么难过啊！

　　（下场。）

玛蒂里奥　别说了！

阿梅丽娅　你一个人会连累我们大家的。

（阿黛拉平静下来。）

玛格达莱娜 女佣差点儿就听到你说什么了。

女佣 （出现）"罗马人"佩佩正顺着大街走下来呢。

（阿梅丽娅、玛蒂里奥和玛格达莱娜都匆忙地跑过去。）

玛格达莱娜 咱们去看看他！

（三人匆匆下场。）

女佣 （对阿黛拉）你不去吗？

阿黛拉 我才无所谓呢。

女佣 他会在街角那里拐回来，从你房间的窗户那里能看得更清楚。

（女佣下场。阿黛拉站在舞台上犹豫不决。过了一会儿，她也匆匆跑向自己的房间。贝尔纳达和庞西娅上场。）

贝尔纳达 这可恶的遗产啊！

庞西娅 给安古斯蒂亚丝留了那么多钱啊！

贝尔纳达 是呀。

庞西娅 给其他几个的可就少得多了。

贝尔纳达 你已经跟我说了三遍了，我都不想搭理你了。其他几个少的不是一点半点，是少很多很多。你不用再提醒我了。

（安古斯蒂亚丝上场，脸上浓妆艳抹。）

贝尔纳达 安古斯蒂亚丝！

安古斯蒂亚丝 母亲。

贝尔纳达 你居然有勇气往脸上搽粉儿？你竟然有胆量在你父亲悼亡弥撒的当天就去洗了脸？

安古斯蒂亚丝 他不是我父亲。我父亲很久以前就去世了。您难道不记得了吗？

贝尔纳达 这个男人，你妹妹们的父亲，你欠他的可要比欠你亲生父亲的还要多！多亏了他，你才有了那么多的财产。

安古斯蒂亚丝　这可不一定！

贝尔纳达　就算是为了体面，为了尊重吧！

安古斯蒂亚丝　母亲，你让我出去吧。

贝尔纳达　出去？你先得把脸上这些脂呀粉呀的都弄掉。装柔弱，装无辜！又涂脂，又抹粉！跟你那些姑姑一个德性！（用自己的手帕粗暴地擦去安古斯蒂亚丝脸上的脂粉）现在，滚吧！

庞西娅　贝尔纳达，别这么没事儿找事儿啦！

贝尔纳达　就算我妈疯了，我可是五种感官都清明得很，完全清楚自己在干什么。

　　　　（所有人都上场。）

玛格达莱娜　出什么事儿了？

贝尔纳达　没出什么事儿。

玛格达莱娜　（对安古斯蒂亚丝）如果你们是在讨论分遗产的事儿，那你是最富有的那一个，什么都可以归你了。

安古斯蒂亚丝　让你的舌头好好待在嘴里吧。

贝尔纳达　（用手杖敲着地）你们别痴心妄想能压我一头！只要我还没蹬腿儿咽气，被从这房子里抬出去，我自己的事儿和你们的事儿就都得是我来做主！

　　　　（传来一阵声音，贝尔纳达的母亲玛丽亚·何塞法上场，她老态龙钟，头上和胸前都戴着花儿。）

玛丽亚·何塞法　贝尔纳达，我的披巾哪儿去了？我的东西我一样儿都不想留给你们，我的戒指还有那件黑色云纹的衣裳都不给你们——因为你们谁也不会结婚的。谁也不会！贝尔纳达，把我的珍珠项链给我！

贝尔纳达　（对女佣）你们怎么让她进来了？

女佣　（颤抖着）她从我这儿逃走了！

玛丽亚·何塞法　我逃跑是因为我想结婚，因为我想跟海岸边的一个帅小伙儿结婚，而在这儿男人们都躲着女人。

贝尔纳达　您别说了，老妈！

玛丽亚·何塞法　不，我就要说。我不想看着这些单身的女人想结婚想得发狂，心都碎成了渣渣，我要回我的老家去。贝尔纳达，我要找个男人成亲，我想要乐呵乐呵！

贝尔纳达　你们快把她关起来！

玛丽亚·何塞法　贝尔纳达，你让我出去吧！

（女佣抓住玛丽亚·何塞法。）

贝尔纳达　你们快去帮帮她！

（众人一起拖住老太太。）

玛丽亚·何塞法　我要离开这儿，贝尔纳达！我要去海边成亲，到海边去啊。

幕急落

第二幕

ACTO
SEGUNDO

贝尔纳达家里白色的房间。左侧的门通往卧室。贝尔纳达的女儿们坐在矮凳上做着针线活儿。玛格达莱娜在绣花。庞西娅跟她们在一起。

安古斯蒂亚丝　我都裁到第三条床单了。

玛蒂里奥　这条该是阿梅丽娅的了。

玛格达莱娜　安古斯蒂亚丝，我把佩佩名字的首字母也绣上吗？

安古斯蒂亚丝　（生硬地）不。

玛格达莱娜（高声喊）阿黛拉，你不过来吗？

阿梅丽娅　她可能在床上躺着呢。

庞西娅　那丫头肯定有事儿。我发现她焦躁不安、忧惧颤抖，就好像胸口上爬着条蜥蜴。

玛蒂里奥　她跟我们大家不都一个样儿嘛。

玛格达莱娜　除了安古斯蒂亚丝。

安古斯蒂亚丝　反正我感觉很好，要是谁觉得难过就自己受着去吧。

玛格达莱娜　当然得承认，你最出众的地方还是你的腰肢和苗条的
　　身材。

安古斯蒂亚丝　幸好我很快就要从这地狱里出去了。

玛格达莱娜　没准儿你出不去呢！

玛蒂里奥　别再说了！

安古斯蒂亚丝　还有，箱子里的金币可比脸上的黑眼睛要有用啊！

玛格达莱娜　这话我可是一耳朵进一耳朵出。

阿梅丽娅　（对庞西娅）去把院子门打开，看能不能凉快一点儿。

　　　　（庞西娅去开门。）

玛蒂里奥　昨晚我一直热得睡不着。

阿梅丽娅　我也睡不着！

玛格达莱娜　我起了床想凉快一下。当时倒是有片带来雷阵雨的乌
　　云，甚至还落了些雨点儿。

庞西娅　那是凌晨一点钟，正是地火升腾的时候。我也起来了。安
　　古斯蒂亚丝和佩佩还在窗户那儿呢。

玛格达莱娜　（带着嘲讽）这么晚吗？他是几点走的啊？

安古斯蒂亚丝　玛格达莱娜，你既然看见了还在那儿问什么？

阿梅丽娅　他大概是一点半左右走的。

安古斯蒂亚丝　对。可你是怎么知道的呢？

阿梅丽娅　我听见他在咳嗽，还听见他那匹小马的脚步声。

庞西娅　可我怎么听到他差不多四点钟才走呀！

安古斯蒂亚丝　那可能不是他！

庞西娅　我肯定是他！

阿梅丽娅　我也觉得他是四点走的！

玛格达莱娜 这事儿可真是蹊跷呀！

（停顿。）

庞西娅 喂，安古斯蒂亚丝。他第一次来到你窗前的时候都跟你说了些什么呀？

安古斯蒂亚丝 没说什么，他能跟我说啥呀！也就是随便聊聊。

玛蒂里奥 两个根本不认识的人就那么隔着窗栅突然见了面，然后就成了未婚夫妻，这事儿可实在是少见呀！

安古斯蒂亚丝 我倒没觉得意外。

阿梅丽娅 这事儿我总感到有种说不上来的别扭。

安古斯蒂亚丝 才不奇怪呢，因为如果一个男人走近一道窗栅求亲，那他肯定已经从那些来来去去、把东西送来又带走的人那里知道了他会得到肯定的答复。

玛蒂里奥 好吧，不过他肯定得跟你说呀。

安古斯蒂亚丝 当然！

阿梅丽娅 （好奇地）他是怎么跟你说的？

安古斯蒂亚丝 也没什么："你已经知道我在追求你，我需要一个贤惠善良的女人，如果你同意的话，这个女人就是你。"

阿梅丽娅 这种事情总是让我不好意思！

安古斯蒂亚丝 我也不好意思，可这种事儿总还是要发生的呀！

庞西娅 还说了别的吗？

安古斯蒂亚丝 说了，一直都是他在说话。

玛蒂里奥 那你呢？

安古斯蒂亚丝 换我可说不出口。我的心都快从嘴里蹦出来了。我头一回在晚上单独跟一个男人在一起。

玛格达莱娜 还是个那么英俊的男人。

安古斯蒂亚丝 确实不难看！

庞西娅　这种事儿也就发生在有点儿教养的人之间，他们说说话儿，聊聊天儿，动动手儿……我丈夫"朱顶雀"埃瓦里斯托头一回到我窗前的时候……哈，哈，哈！

阿梅丽娅　怎么了？

庞西娅　那时天很黑。我看到他过来，到了窗前就对我说："晚上好。"我也对他说："晚上好。"然后我俩就有半个多小时的时间都没开口。我全身上下直冒汗。这时埃瓦里斯托又过来，想从铁栏杆间钻过来，还低声说："你过来让我摸摸！"

（所有人都笑了。阿梅丽娅起身跑去通过门缝窥探着。）

阿梅丽娅　啊呀！我还以为是咱妈来了呢？

玛格达莱娜　她来了可有咱们好看了！

（众人继续笑。）

阿梅丽娅　嘘……她会听见咱们的！

庞西娅　后来他的表现不错。也不怎么爱干其他事儿，到死都一直爱养朱顶雀。对你们这些单身姑娘来说，无论如何都应该了解到，成亲十五天后，男人就能为了口腹之欲放弃床笫之欢，之后又会为了去酒肆贪杯而离开家里的餐桌，要是不肯接受这一点，那女人就活该在角落里哭着受烂掉吧。

阿梅丽娅　那你就认命了？

庞西娅　我反正有法子对付他！

玛蒂里奥　你真的有时候揍他吗？

庞西娅　没错儿，差点儿让他成了独眼龙。

玛格达莱娜　所有女人都应该这个样儿！

庞西娅　我有你妈给我做样子呢。有一天我丈夫跟我说了个什么事儿，我就用一把杵棒儿把他的朱顶雀都给打死了。

（众人笑。）

玛格达莱娜　阿黛拉，丫头，你可别错过这个啊。

阿梅丽娅　阿黛拉。

　　　　(停顿。)

玛格达莱娜　我去瞧瞧！

　　　　(离开。)

庞西娅　那丫头不舒服了！

玛蒂里奥　当然，她都没怎么睡觉！

庞西娅　那她在干什么？

玛蒂里奥　我怎么知道她在干什么？

庞西娅　你总比我知道的多吧，你就睡在她隔壁呀。

安古斯蒂亚丝　嫉妒都要把她吞噬了。

阿梅丽娅　你别夸大其辞了。

安古斯蒂亚丝　我从她眼睛里看出来的。她看他的眼神就像疯子。

玛蒂里奥　你们可别提疯子了。这里是唯一一个不许提这个词儿的地方。

　　　　(玛格达莱娜和阿黛拉上场。)

玛格达莱娜　那么说你没在睡觉咯？

阿黛拉　我身体不舒服。

玛蒂里奥　(故意地)是因为你今晚没睡好吗？

阿黛拉　对。

玛蒂里奥　然后呢？

阿黛拉　(大声地)别管我！甭管我睡不睡，你都没理由来干涉我的事儿！我想干什么我就会自己去干！

玛蒂里奥　只是关心你罢了！

阿黛拉　是关心还是打探啊？你们不是在做针线活儿吗？那就继续做吧！我不想让人看见，只想在这些房间里来去，而你们谁也别问我要去哪儿!

女佣 （上场）贝尔纳达叫你们呢。卖花边儿的人来了。

　　（众人下场。离开时玛蒂里奥死死盯着阿黛拉。）

阿黛拉 你别再这么看着我!你若是想要,我就把眼睛给你,它们还是健康新鲜的呢;我也把我的脊背给你,好让你把你那驼背整修整修,不过以后我经过的时候,还请你把脑袋转开。

　　（玛蒂里奥离开。）

庞西娅 阿黛拉,她可是你姐姐!而且还是最爱你的姐姐!

阿黛拉 我走哪儿她跟到哪儿。有时候探头探脑地来我的房间,看我是不是在睡觉。简直让我喘不过气来。她还总说:"真为这脸蛋儿遗憾!这身子也太可惜了,它不会属于任何人了!"才不会呢!我的身子就要给我喜欢的人!

庞西娅 （故意低声地）是要给"罗马人"佩佩,对不对?

阿黛拉 （惊惧地）你说什么?

庞西娅 就是我说的那话呀,阿黛拉!

阿黛拉 闭嘴!

庞西娅 （高声地）你以为我没有注意到吗?

阿黛拉 小声点儿!

庞西娅 快打消那些念头吧!

阿黛拉 你都知道些什么?

庞西娅 我们这些老太婆透过墙都能看得见。你夜里起床都去哪儿了?

阿黛拉 你真该是个瞎子!

庞西娅 到了必要的时候,头和手上都能长满眼睛。不管怎么琢磨,我都没弄明白你打算干什么。佩佩来跟你姐姐说话的第二天,他经过时你为什么开着窗户亮着灯,身上几乎一丝不挂?

阿黛拉　那根本不是真的！

庞西娅　你可别闹小孩子脾气了！别再给你姐姐惹麻烦了。如果你喜欢"罗马人"佩佩，那就忍着别说。(阿黛拉哭了起来)再说了，谁说你就铁定不能嫁给他？你姐姐安古斯蒂亚丝体弱多病。她头胎分娩就会熬不过去。她的腰太细，岁数又不小了，我告诉你说，凭我的经验，她肯定得死。那时，佩佩就会跟这地方的所有鳏夫那样，娶姨妹中最年轻、最漂亮的那个，那就是你呀。你暂且忘掉你的企望，可以在心底藏着那个希望，只是别违背上帝的法则。

阿黛拉　别说了！

庞西娅　我就是要说！

阿黛拉　管你自己的事儿去吧，真是多管闲事！叛徒！

庞西娅　我会成为你的影子的！

阿黛拉　你不去打扫房间，不躺床上为你逝去的亲人祈祷，却像个不要脸的老太婆一样去四处打探男女之情，好去给人家泼脏水。

庞西娅　我就要这么盯着，就是为了让人在路过这道大门的时候不朝这儿啐唾沫。

阿黛拉　你对我姐姐怎么突然这么关心起来了呀！

庞西娅　我对你们谁都不关心，但是我希望能生活在一个体面的家庭里。我可不想这么大岁数了还坏了名声！

阿黛拉　你的建议根本没有用。已经晚了。我要应付的根本不是你，你只是个女佣，我得应付我妈，好让从我嘴巴和双腿升腾起的火焰熄灭。你能说我什么？说我把自己关在房间，连门都不开？说我不睡觉？我可比你要聪明！咱们就看看你到底能不能用手抓住野兔。

庞西娅　你可别激我！阿黛拉，你可别挑衅我！因为我可以发出声音，可以把灯点起来，还可以让人们敲起钟来。

阿黛拉 那你就拿来四千个黄色的信号弹吧，把它们都放到牲口棚的栅栏上面去。注定要发生的事情谁也避免不了。

庞西娅 你是有多喜欢那个男人呀！

阿黛拉 我是那么喜欢他！看着他的眼睛就让我觉得自己在慢慢饮着他的血。

庞西娅 我简直没法听你说话。

阿黛拉 你就得乖乖听我说！我曾怕过你，可现在我已比你强大了！

（安古斯蒂亚丝上场。）

安古斯蒂亚丝 总是在吵架！

庞西娅 就是。天这么热，她却非让我去商店给她买这个买那个。

安古斯蒂亚丝 你给我买精油了吗？

庞西娅 买的是最贵的那种。胭脂粉也买了。我都放到你房间的桌子上了。

（安古斯蒂亚丝下场。）

阿黛拉 嘘，闭嘴吧！

庞西娅 咱们走着瞧吧！

（玛蒂里奥、阿梅丽娅和玛格达莱娜上场。）

玛格达莱娜 （对阿黛拉）你看见那些花边儿了吗？

阿梅丽娅 安古斯蒂亚丝用在她新婚床单上的那些花边儿真是漂亮极了。

阿黛拉 （对拿来一些花边儿的玛蒂里奥）这些呢？

玛蒂里奥 这些是给我的，要用在一件衬衣上。

阿黛拉 （嘲讽地）做衬衣可需要好心情呀！

玛蒂里奥 （有意地）这是为了给我自己看的。我又不需要在谁跟前招摇。

庞西娅 没人会见着只穿着衬衣的女人。

玛蒂里奥 （故意看着阿黛拉说）有时候也会见着！不过我还是很喜欢内衣的。我要是有钱，就会弄一件荷兰细布料的衬衣。那也是我所剩无几的爱好之一了。

庞西娅 这些花边儿用来做小孩儿的帽子很不错，用在洗礼时的抱被上也是再漂亮不过了。我从来都没能在自己的衣服上用过这些花边儿。那就看看现在安古斯蒂亚丝要不要用在她的衣服上。等她要生孩子的时候，你们就得整天都做针线活儿了。

玛格达莱娜 我连一针都不想缝。

阿梅丽娅 更别提去照看别人的孩子了。你去瞧瞧胡同街坊里那些女人，为了几个小屁孩儿就牺牲了自己。

庞西娅 那她们也比你们强。至少人家那儿有笑声，还能听见家里打打闹闹的！

玛蒂里奥 那你去伺候人家好了。

庞西娅 不。我命中注定得待在这家修道院里了！

　　　　（钟声遥遥传来，似乎隔着好几道墙壁。）

玛格达莱娜 是男人们又去干活儿了。

庞西娅 一分钟前钟刚敲了三下。

玛蒂里奥 顶着这大日头！

阿黛拉 （坐下）唉，真恨不得也能到田野里去！

玛格达莱娜 （坐下）是哪种人就得干哪种活儿！

玛蒂里奥 （坐下）确实如此！

阿梅丽娅 （坐下）唉！

庞西娅 在这个时节，哪儿都没有田野里快活。昨天早上那些麦客都到了。四五十个棒小伙儿呢。

玛格达莱娜 今年都是从哪儿来的呀？

208

庞西娅 　都不近呢。从山里来的。都是开开心心的！就像燃烧的树木！吵吵嚷嚷，把石头抛来扔去的！昨晚镇上来了一个穿镶亮片衣裳的女人，在手风琴的伴奏下跳舞，有十五个麦客给她钱带她去了橄榄林。我远远地看见了他们。跟那个女人交易的是个小伙儿，有着一双碧眼，人结实得就像一捆麦子。

阿梅丽娅 　那是真的吗？

阿黛拉 　那是有可能的！

庞西娅 　几年前就来过这样一个女人，我亲自把钱给了我大儿子让他去。男人们需要这种事儿。

阿黛拉 　男人们干什么都能被原谅。

阿梅丽娅 　生来做女人可真是最大的惩罚啊。

玛格达莱娜 　连我们的眼睛都不是我们自己的。

　　　（从远处传来越来越迫近的歌声。）

庞西娅 　是他们。他们带来好几首好听的歌儿呢。

阿梅丽娅 　现在他们都出去割麦子了。

合唱 　刈麦之人已出发，

　　　　遍寻穗影在田间。

　　　　姑娘凝眸痴痴望，

　　　　芳心随往难复归。

　　　（传来铃鼓和刮擦棒的声音。停顿。所有女人都在阳光下的
　　　　一片寂静中倾听。）

阿梅丽娅 　天儿热他们根本不在乎！

玛蒂里奥 　他们简直是在火焰中间收割。

阿黛拉 　为了能自由来去，我宁可也去割麦子。这样就能把折磨我们的事儿忘得干干净净了。

玛蒂里奥 　有什么事儿是你必须忘掉的？

209

阿黛拉 每个人都对自己的事情心知肚明。

玛蒂里奥 （颇有深意）每个人!

庞西娅 别说了! 别说了!

合唱 （远远地）

　　　村里的姑娘啊,

　　　打开门与窗;

　　　麦客要玫瑰,

　　　草帽上面插。

庞西娅 唱得多好听!

玛蒂里奥 （忧郁地）

　　　　村里的姑娘啊,

　　　　打开门与窗……

阿黛拉 （充满激情地）

　　　　……麦客要玫瑰,

　　　　草帽上面插。

　　（歌声渐渐远去。）

庞西娅 这会儿他们正转过街角。

阿黛拉 咱们快去从我房间的窗户看看他们。

庞西娅 你们可得小心,别把窗子开得太大,因为他们可是会一窝蜂冲上来要瞧瞧是谁在看他们。

　　（三人下场。玛蒂里奥坐在椅子上,双手抱着头。）

阿梅丽娅 （走过来）你怎么了?

玛蒂里奥 我热得难受。

阿梅丽娅 不只是这个吧?

玛蒂里奥 我现在就盼着十一月赶紧到来,下雨,下霜——只要别再是这没完没了的夏天就行。

阿梅丽娅　夏天会过去的，但也还会再回来。

玛蒂里奥　当然！（停顿）昨晚你几点睡的？

阿梅丽娅　不知道。我睡得就像截树桩。怎么了？

玛蒂里奥　没什么，但我似乎听到有人在牲口棚里。

阿梅丽娅　是吗？

玛蒂里奥　当时很晚了。

阿梅丽娅　你不害怕吗？

玛蒂里奥　不害怕。其他好几晚的动静我也都听见了。

阿梅丽娅　我们是该小心一点儿的。不会是那些雇工吗？

玛蒂里奥　雇工们都是六点才来呢。

阿梅丽娅　也许是一头没有被驯服的小母骡。

玛蒂里奥　（咬牙切齿，别有用心地）对呀，对呀！就是一头没有被
　　驯服的小母骡。

阿梅丽娅　那可得防备着点儿啊！

玛蒂里奥　不，不！你什么也别说。那也有可能是我的想象。

阿梅丽娅　有可能。

　　（停顿。作势离开。）

玛蒂里奥　阿梅丽娅！

阿梅丽娅　（在门口）怎么了？

　　（停顿。）

玛蒂里奥　没怎么。

　　（停顿。）

阿梅丽娅　那你干吗叫我？

　　（停顿。）

玛蒂里奥　我是一时说漏了嘴。是出于无意啊。

　　（停顿。）

阿梅丽娅　你还是去上床睡会儿吧。

安古斯蒂亚丝　（怒气冲冲地上场，与此前寂静的场景形成强烈的反差）我放在枕头下面的佩佩的相片哪儿去了？你们当中谁拿了？

玛蒂里奥　谁也没拿呀。

阿梅丽娅　佩佩又不是什么银子做的圣巴多罗买。

　　　　（庞西娅、玛格达莱娜和阿黛拉上场。）

安古斯蒂亚丝　相片在哪儿？

阿黛拉　什么相片？

安古斯蒂亚丝　你们中有人把相片给我藏起来了。

玛格达莱娜　你居然有脸把这话说出来？

安古斯蒂亚丝　相片本来在我房间，可现在不在了。

玛蒂里奥　会不会是半夜溜到牲口棚去了？佩佩就喜欢在月光下溜达。

安古斯蒂亚丝　别跟我开玩笑！等他来了我就告诉他。

庞西娅　不用那么干，因为相片肯定会出来的！

　　　　（望向阿黛拉。）

安古斯蒂亚丝　我就想知道你们当中谁拿了相片！

阿黛拉　（看着玛蒂里奥）有人拿了！反正不是我！

玛蒂里奥　（故意地）那是当然了！

贝尔纳达　（拄着手杖上场）在这大热天的一片沉寂里，我家里却是这么吵吵嚷嚷！邻居的婆娘们没准儿都把耳朵贴在墙上听着呢。

安古斯蒂亚丝　有人把我未婚夫的相片拿走了。

贝尔纳达　（恶狠狠地）谁？是谁？

安古斯蒂亚丝　就是她们！

贝尔纳达　是你们当中的哪一个？（沉默）回答我！（沉默。对庞西

娅）搜查房间，好好看看床上。这事儿就是因为没把你们再拴
紧些。不过你们会想起来我是什么人的！（对安古斯蒂亚丝）你
确定吗？

安古斯蒂亚丝　确定。

贝尔纳达　你有没有好好找过？

安古斯蒂亚丝　好好找过了，母亲。

（所有人都在一片尴尬的寂静中默默站着。）

贝尔纳达　你们这是让我在晚年还要去喝下一个当妈的能忍受的最
苦的毒药啊。（对庞西娅）你没找到相片吗？

（庞西娅上场。）

庞西娅　在这儿呢。

贝尔纳达　你在哪儿找到的？

庞西娅　是在……

贝尔纳达　别怕！说出来！

庞西娅　（诧异地）就夹在玛蒂里奥床上的床单中间。

贝尔纳达　（对玛蒂里奥）是这么回事儿吗？

玛蒂里奥　是这么回事儿！

贝尔纳达　（走上前用手杖打她）你这挨千刀的死苍蝇！损人不利己
的家伙！

玛蒂里奥　（恶狠狠地）妈，您别打我呀！

贝尔纳达　我想怎么打就怎么打！

玛蒂里奥　那也得我让您打才行！听见了吗？您让开！

庞西娅　你不能对你妈这么无礼！

安古斯蒂亚丝　（拉住贝尔纳达）随她吧！求您了！

贝尔纳达　你眼里连眼泪都没有。

玛蒂里奥　我才不会掉眼泪好让您得意呢。

贝尔纳达　你拿那相片干什么？

玛蒂里奥　我就不能跟我姐姐开个玩笑吗？我这么做还能图什么！

阿黛拉　（充满妒意地跳起来）才不是玩笑呢，你从来都不喜欢玩闹的。你另有所图的心思恨不得要从你心里蹦出来了。你干脆明说了吧。

玛蒂里奥　你闭嘴！别让我说出来，我要是一开口，那些墙壁都得羞得合到一块儿去！

阿黛拉　恶毒的舌头永远不会停止造谣！

贝尔纳达　阿黛拉！

玛格达莱娜　你们都疯了。

阿梅丽娅　你们就是用这种恶意揣度来害我们的。

玛蒂里奥　其他人做的事儿更恶劣！

阿黛拉　就该把她们都扒光再扔到河里冲走。

贝尔纳达　真是恶毒！

安古斯蒂亚丝　"罗马人"看上了我又不是我的错儿。

阿黛拉　他是看上了你的钱！

安古斯蒂亚丝　母亲！

贝尔纳达　都住嘴！

玛蒂里奥　他是为了你那些农田和林地。

玛格达莱娜　就是这么回事儿！

贝尔纳达　我说了，都住嘴！我早看出来暴风雨就要到来，却没想到这么快就爆发了。唉，你们这是用多么大的恨意像扔石头似的往我心上砸啊！但是我还没老，我这儿还有五条给你们准备好的锁链，还有我父亲盖起的这所房子，盖这房子就是为了让杂草都不知道我的悲痛。都滚出去！（众人下场。贝尔纳达坐在那里，悲痛欲绝。庞西娅靠着墙边站着。贝尔纳达突然反应

216

过来，用手杖敲了下地面，说道)我就是得对她们严加管束！
贝尔纳达，要记住这是你的职责！

庞西娅　我能说一句吗？

贝尔纳达　说吧。我很遗憾，都让你听见了。让一个外人待在家里
总是不方便。

庞西娅　看见了便是尽留眼底了。

贝尔纳达　安古斯蒂亚丝得赶紧结婚。

庞西娅　当然了。得让她离开这里。

贝尔纳达　不是让她，而是让那个男人！

庞西娅　当然！得让那男人离这儿远远的！你考虑得对。

贝尔纳达　我并没有考虑。有些事情没办法也没必要考虑。我只管
下命令就行了。

庞西娅　你觉得那男人会愿意离开吗？

贝尔纳达　(站起来)你那脑袋瓜儿里是怎么想的？

庞西娅　他，当然了，肯定会跟安古斯蒂亚丝成亲的！

贝尔纳达　说吧，我太了解你了，知道你已经把刀子给我准备好了。

庞西娅　我从来都没想到，忠告会被叫作谋杀。

贝尔纳达　你是要提醒我提防什么事儿吧？

庞西娅　我不针对任何人，贝尔纳达。我只告诉你：睁大眼睛，你
自然就看到了。

贝尔纳达　会看到什么？

庞西娅　你一直都挺聪明，隔着一百里地你都能看出人家的毛病。
有好多次我都以为你能猜出别人的心思。不过子女毕竟是子
女，现在你就是被蒙蔽了双眼。

贝尔纳达　你是指玛蒂里奥？

庞西娅　嗯，玛蒂里奥嘛……(好奇地)她为什么要藏那相片呢？

贝尔纳达　（试图为女儿掩饰）归根结底，她都说了那是一个玩笑。除此之外还能是什么？

庞西娅　（嘲讽地）你这么以为？

贝尔纳达　（坚定有力地）不是我以为，事实如此！

庞西娅　得了吧。这是在说你的事儿呢。要是换成是对面邻居，又会是怎样？

贝尔纳达　你已经开始把刀尖儿亮出来了。

庞西娅　（一直带着残忍的语气）不，贝尔纳达。这里正在发生一件了不得的大事儿。我并不想怪到你头上，但你确实把女儿们拘得太紧了。不管你怎么说，玛蒂里奥就是个情种。你那会儿为什么不让她跟恩里克·乌马内斯成亲呢？为什么在他要来窗前表白的那一天，你派人捎信儿叫他别来？

贝尔纳达　（大声地）就是有一千次我也还要这么干！只要我活着，我的血脉就不能跟乌马内斯家的血脉融合在一起！他老爹不过是个雇工。

庞西娅　为此你就发了那么大的火儿！

贝尔纳达　我发火儿是因为我有这个资格。你不能发火儿是因为你很清楚自己的出身是什么。

庞西娅　（恨恨地）你用不着提醒我这一点！我已经老了，也一直都感谢你的庇护。

贝尔纳达　（傲慢地）看起来可不像啊！

庞西娅　（表面温和，心有恨意）玛蒂里奥会把这事儿忘掉的。

贝尔纳达　要是不忘掉，那是她自己更倒霉。我倒不觉得这里发生了什么了不得的大事情。这里什么事情都没发生。没准儿是你希望出什么事儿呢！要是有一天真发生了什么，你得保证事情不要传到这房子外面去。

庞西娅 那我可就不知道了！村子里有人也会从远处看出被隐藏起来的心思。

贝尔纳达 你这是巴不得看着我跟我的女儿们沦落到妓院去吧！

庞西娅 谁也没法知道自己的结局是什么！

贝尔纳达 我就知道自己的结局！对我女儿们的命运我也都心知肚明！妓院还是留给某个已归了西的女人吧……

庞西娅 （凶巴巴地）贝尔纳达，说到我母亲还要请你放尊重些！

贝尔纳达 你也别老用你的恶意没完没了地找我的茬儿！

（停顿。）

庞西娅 我最好还是啥事儿都别掺和了。

贝尔纳达 你确实应该那么做。闷头干活儿，对一切都守口如瓶，这才是那些靠工钱过活的人的义务。

庞西娅 可这样不行啊。你不觉得佩佩跟玛蒂里奥或者……对！跟阿黛拉成亲会更好吗？

贝尔纳达 我不那么觉得。

庞西娅 （故意地）阿黛拉，她才是"罗马人"真正的相好呢！

贝尔纳达 事情从来都不会让我们顺心如意。

庞西娅 可人们很难偏离自己真正的心意。我就觉得佩佩跟安古斯蒂亚丝根本不般配，大家都有同感，甚至连空气都这么觉得。谁知道他们会不会得偿所愿呢！

贝尔纳达 又来了！……你就是成心让我噩梦缠身。我也不想弄明白你的意思了，要是你说的那些都成了真，看我不把你撕个稀巴烂。

庞西娅 再怎么着血也流不到河里去！

贝尔纳达 好在我的女儿们都尊重我，从来都没违背过我的意志！

庞西娅 那倒是！但只要你一放开，她们就能上房揭瓦。

219

贝尔纳达　那我就朝她们扔石头让她们滚下来！

庞西娅　你当然是最勇敢的啦！

贝尔纳达　遇事行动时我一向迅捷而果断！

庞西娅　可还是要看事情态势如何！到了他们这个年龄，安古斯蒂亚丝对他未婚夫有情那是显而易见！而佩佩看起来对她也是颇为有意！昨天我家老大告诉我，凌晨四点半时他赶着牲口从街上经过，看到他俩还在那儿说话儿呢。

贝尔纳达　四点半！

安古斯蒂亚丝　（上场）胡说！

庞西娅　人家那么告诉我的。

贝尔纳达　（对安古斯蒂亚丝）你来说！

安古斯蒂亚丝　佩佩这个星期都是一点钟就离开的。我要是说谎天诛地灭。

玛蒂里奥　（上场）我也听到他是四点钟才走的。

贝尔纳达　可你是亲眼看到的吗？

玛蒂里奥　当时我没想探头看。你们现在不都是通过朝胡同的那扇窗户说话的吗？

安古斯蒂亚丝　我都是在我卧室的窗户那儿说话的。

　　　　（阿黛拉出现在门口。）

玛蒂里奥　那么说……

贝尔纳达　这到底是怎么回事儿？

庞西娅　你可得注意听清楚！不过，当然，佩佩在凌晨四点的时候就在你家屋子的某处窗栅那儿。

贝尔纳达　你肯定吗？

庞西娅　这辈子真没什么能肯定的事儿呀。

阿黛拉　母亲，这人想把我们全都毁掉，她的话您可不能偏听偏信啊。

贝尔纳达 我会搞清楚的！如果村子里有人想无中生有做假证，我一定要对他们毫不留情。别再说这件事儿了。有时候就是有人要掀起流言浊浪想要害我们。

玛蒂里奥 我可不喜欢撒谎。

庞西娅 会出事儿的。

贝尔纳达 什么事儿都不会出。我生来心明眼亮。从现在一直到死，我都会紧紧盯住，连眼睛都不眨。

安古斯蒂亚丝 我有权把事情弄清楚。

贝尔纳达 你除了听话没有任何权利。谁也别想摆布我。（对庞西娅）你还是去管你自家的事情吧。在这儿，只要我没发话，谁也别想多走一步！

女佣 （上场）顺街上坡的那头儿聚了一大帮人，所有邻居都跑到门口来了！

贝尔纳达 （对庞西娅）快去搞清楚出了什么事儿！（众人都往外跑）你们去哪儿？我早就知道你们就是一帮爱扒窗户，根本守不了孝的女人。你们，都到院子里去！

　　（众人下场，贝尔纳达也离开。远处传来低语声。玛蒂里奥和阿黛拉上场，她们在那里倾听，却不敢跨出大门一步。）

玛蒂里奥 谢天谢地我没有说漏了嘴。

阿黛拉 我也差点儿说出来了。

玛蒂里奥 你要说什么来着？想做和真干可是两回事儿！

阿黛拉 有能力者和抢得先机者才能成事儿。你倒是想做，却没干成。

玛蒂里奥 你蹦跶不了多久了。

阿黛拉 我能得到一切！

玛蒂里奥　我要让你根本拥抱不成。

阿黛拉　（恳求地）玛蒂里奥，你放过我吧！

玛蒂里奥　休想！

阿黛拉　他想让我去他家！

玛蒂里奥　我都看见他怎么拥抱你来着！

阿黛拉　我其实并不想去，可我还是去了，就像是被一根粗绳子拖着拽着。

玛蒂里奥　死也不能那么做啊！

　　（玛格达莱娜和安古斯蒂亚丝探身观瞧。纷乱嘈杂的声音越来越大。）

庞西娅　（和贝尔纳达一起上场）贝尔纳达！

贝尔纳达　出什么事儿了？

庞西娅　是"浪荡女"的闺女，还没结婚，不知跟谁生了一个儿子。

阿黛拉　一个儿子？

庞西娅　为了掩盖自己的丑事，她弄死了那孩子，把他塞到几块石头下面。可几条比好多人还有良心的狗，把那孩子给弄出来了，就好像被上帝之手引领着，它们把孩子给放到她家门槛上去了。现在人们要杀那丫头呢，正把她沿街拖下去。人们都从小路和橄榄林那边跑过来了，嚷嚷得惊天动地的。

贝尔纳达　对，所有人都拿着橄榄枝条和锄头把儿来吧，来揍死那丫头。

阿黛拉　不，不，不能打死她呀！

玛蒂里奥　对，我们也出去吧。

贝尔纳达　践踏体面的人就得付出代价。

　　（外面传来一声女人的喊叫和一片嘈杂声。）

阿黛拉　让她逃走吧！你们别出去呀！

222

玛蒂里奥 （看着阿黛拉）欠下的债就得偿还！

贝尔纳达 （在拱门下）在宪警到来之前就去结果了她！在她犯下罪行的地方放上烧红的炭！

阿黛拉 （捂住腹部）不！不！

贝尔纳达 杀了她！杀了她！

幕　落

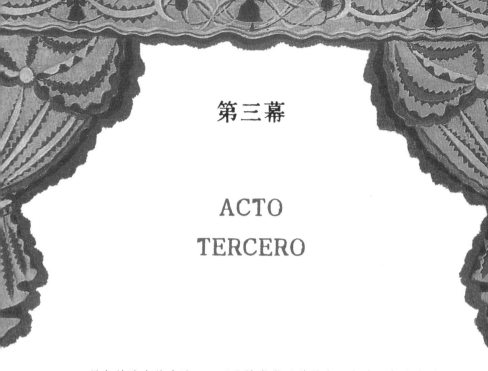

第三幕

ACTO TERCERO

　　贝尔纳达家的内院,四面白墙微微泛着蓝光。夜晚。舞台布景简洁朴素。侧幕内灯光照射下的几扇门,给舞台带来淡淡的光影。舞台中央有一张放着煤油灯的桌子,贝尔纳达和她的女儿们正在桌旁吃饭。庞西娅在旁侍候着她们。普鲁登西娅坐在一旁。幕启时一片寂静,只能听到盘子和餐具的声音。

普鲁登西娅　　我走了啊。我来串门儿时间也不短了。
　　（站起身。）
贝尔纳达　　等等嘛。咱们可是老也见不着面儿啊。
普鲁登西娅　　最后一遍玫瑰经祈祷的钟声敲过了没有?
庞西娅　　还没有呢。
　　（普鲁登西娅坐下。）
贝尔纳达　　你丈夫怎么样了?
普鲁登西娅　　还是老样子。

224

贝尔纳达　我们也见不着他。

普鲁登西娅　你是知道他的习惯的。自打因为遗产跟他兄弟们打了架以后，他就再也不从临街的大门出去了。他在牲口棚的围墙上架了把梯子，从那儿翻墙进出。

贝尔纳达　他是个真正的男子汉。跟你女儿怎么样了？……

普鲁登西娅　他一直也没原谅她。

贝尔纳达　他做得对。

普鲁登西娅　我都不知道该跟你怎么说。我为这个都难受死了。

贝尔纳达　不听话的女儿就不再是女儿了，反倒变成了冤家对头。

普鲁登西娅　我反正是听之任之，只能去教堂里躲清净。可我慢慢看不见了，今后也就不会再来了，免得被那些小崽子戏耍。（传来什么东西撞击墙壁的巨响。）那是什么？

贝尔纳达　是被关起来的种马，在冲墙刨蹶子呢。（高声地）把那马儿蹄子拴紧，带到牲口棚那儿去！（小声地）它应该是热了。

普鲁登西娅　你们是要让它给新来的那些母马配种？

贝尔纳达　天亮的时候就弄。

普鲁登西娅　你倒是知道怎么让你的牲口越来越多啊。

贝尔纳达　因为有钱就得花，也因为闲着也是闲着。

庞西娅　（插话道）她那群牲口可是这一片儿最好的！可惜却卖不出好价钱。

贝尔纳达　你想不想来点儿奶酪和蜂蜜？

普鲁登西娅　我没什么胃口。

　　（又传来撞击墙壁的声音。）

庞西娅　上帝呀！

普鲁登西娅　我心里直发颤！

贝尔纳达　（愤怒地起身）事情都得说两遍才行吗？让它去草垛里打

打滚儿！（停顿，像对仆役们发话一样）把小母马都关到马厩里去，把那匹种马放开，可别让它把墙给咱们踹塌了。（走向桌子，再一次坐了下来）啊呀，这过的是什么日子啊！

普鲁登西娅　真是像个男人一样操劳啊。

贝尔纳达　就是呀。（阿黛拉从桌边站起来）你上哪儿去？

阿黛拉　去喝水。

贝尔纳达　（高声地）拿一罐儿凉水来。（对阿黛拉）你可以坐下了。

　　　　（阿黛拉坐下。）

普鲁登西娅　安古斯蒂亚丝呢，她啥时候成亲呀？

贝尔纳达　三天后他们就来求亲。

普鲁登西娅　那你就该高兴了！

安古斯蒂亚丝　那当然！

阿梅丽娅　（对玛格达莱娜）你把盐都给撒了！

玛格达莱娜　反正你的运气也不会更差了。

阿梅丽娅　撒盐总会带来不祥之兆。

贝尔纳达　得了吧！

普鲁登西娅　（对安古斯蒂亚丝）人家送你戒指了吗？

安古斯蒂亚丝　您瞧瞧。

　　　　（把手伸向她。）

普鲁登西娅　真漂亮。有三颗珍珠呐。我那时候珍珠代表着眼泪呀。

安古斯蒂亚丝　可事情早就已经改变了。

阿黛拉　我觉得根本没变。事情的含义一直都会是一样的。求婚戒指应该是钻石的。

普鲁登西娅　钻石戒指是更合适。

贝尔纳达　不管有珍珠还是没珍珠，事情如何还是要看人的心意。

玛蒂里奥　或者要看上帝的安排。

普鲁登西娅　听人说家具都可漂亮了。

贝尔纳达　我可花了一万六千雷亚尔呢。

庞西娅　（插话道）最棒的是那个带穿衣镜的柜子。

普鲁登西娅　我从来没见过这种样子的家具。

贝尔纳达　我们那会儿只有箱子。

普鲁登西娅　一切顺利就行呀！

阿黛拉　这谁也说不准。

贝尔纳达　没有什么理由不顺利。

　　　　（远处隐隐传来几下钟声。）

普鲁登西娅　这是最后一通钟声了。（对安古斯蒂亚丝）我会过来让
　　你给我看看新嫁衣的。

安古斯蒂亚丝　您愿意的话随时都行。

普鲁登西娅　上帝赐给我们晚安。

贝尔纳达　再见，普鲁登西娅。

五个女儿　（同时）愿上帝与您同在。

　　　　（停顿。普鲁登西娅下场。）

贝尔纳达　我们已经吃好了。

　　　　（众人起身。）

阿黛拉　我要到大门口那儿去，伸伸腿儿，透透气儿。

　　　　（玛格达莱娜坐在一把矮椅子上，斜靠着墙壁。）

阿梅丽娅　我跟你一起去。

玛蒂里奥　还有我。

阿黛拉　（压抑着恨意）我又不会迷路。

阿梅丽娅　晚上还是得有人做伴儿。

　　　　（三人下场。贝尔纳达坐下，安古斯蒂亚丝在收拾桌子。）

贝尔纳达　我跟你说过，让你和你妹妹玛蒂里奥谈一谈。佩佩相片

的事儿就是个玩笑，你应该把它忘了。

安古斯蒂亚丝 您清楚她根本不喜欢我。

贝尔纳达 每个人都清楚自己内心想些什么。我不去探究人心，但我要面子光鲜，要家庭和睦。你明白吗？

安古斯蒂亚丝 明白。

贝尔纳达 那就行了。

玛格达莱娜 （半睡半醒）说来说去，反正你马上也要离开啦！

（沉沉睡去。）

安古斯蒂亚丝 我觉得离开得还是太晚了呢！

贝尔纳达 昨晚你们几点聊完的？

安古斯蒂亚丝 十二点半。

贝尔纳达 佩佩都说些什么？

安古斯蒂亚丝 我看他有些心不在焉的，跟我说话的时候总像在想着其他事儿。我要是问他怎么了，他就回答我说"我们男人都有自己要操心的事儿"。

贝尔纳达 你就不该去问他。等成了亲，就更不该问。他要是说话那你也说，他看你的时候你再看他，这样你就不会觉得不高兴了。

安古斯蒂亚丝 母亲，我觉得他瞒着我好多事儿。

贝尔纳达 你别想着要把它们搞个水落石出，别去跟他打听，当然，也永远别让他看见你掉眼泪。

安古斯蒂亚丝 我本该高兴的，可我根本高兴不起来。

贝尔纳达 还不都是这样。

安古斯蒂亚丝 好多天晚上，当我牢牢盯着佩佩看的时候，隔着铁栅栏的他就会变得模糊起来，就好像被羊群扬起的一片尘烟笼罩了起来。

贝尔纳达 那是因为你身子骨太弱了。

安古斯蒂亚丝　但愿是因为这个！

贝尔纳达　他今晚来吗？

安古斯蒂亚丝　不来。他跟他母亲去都城了。

贝尔纳达　那我们就都早点儿睡吧。玛格达莱娜！

安古斯蒂亚丝　她睡着了。

　　（阿黛拉、玛蒂里奥和阿梅丽娅上场。）

阿梅丽娅　这夜色真够黑的啊！

阿黛拉　两步之外就什么也看不见了。

玛蒂里奥　对盗贼和需要躲藏的人来说，却是再好不过的夜晚。

阿黛拉　那匹种马就待在牲口棚中央。是匹白马！足有两匹马那么大，一身雪白把黑暗都照亮了。

阿梅丽娅　没错。怪吓人的，活像个幽灵！

阿黛拉　天上像是撒了一把一把的星星。

玛蒂里奥　这丫头看起星星来脖子伸得像要抻断了一样。

阿黛拉　难道你不喜欢那些星星吗？

玛蒂里奥　房顶再往上的东西对我而言统统都无所谓。光是屋子里的事情就够我操心的了。

阿黛拉　你这人就是这样只顾自己。

贝尔纳达　她只管她的事儿，就像你只管你的事儿。

安古斯蒂亚丝　晚安。

阿黛拉　你这就去睡了？

安古斯蒂亚丝　是呀。今天晚上佩佩不来。

　　（离开。）

阿黛拉　母亲，为什么流星划过或闪电亮起时，人们都会说：

　　　　万福圣巴巴拉，

　　　　借助圣水纸张，

你被书写在天？

贝尔纳达　过去人们知道的好多事情我们现在都已经忘了。

阿梅丽娅　我会闭上眼睛不看。

阿黛拉　我才不会闭眼睛。我喜欢看那些经年累月一动不动的东西光彩耀眼地闪过。

玛蒂里奥　可那些东西跟我们一点儿关系也没有。

贝尔纳达　而且你们最好别去想那些事儿。

阿黛拉　多么美丽的夜晚呀！我想一直待到很晚，好享受一下乡野的清凉气息。

贝尔纳达　可是该上床睡觉了。玛格达莱娜！

阿梅丽娅　她都开始做上梦了。

贝尔纳达　玛格达莱娜！

玛格达莱娜　（不快地）别来烦我！

贝尔纳达　上床睡去！

玛格达莱娜　（气冲冲地站起来）你们就不能让人消停一下！

　　　　（嘟嘟囔囔地离开。）

阿梅丽娅　晚安。

　　　　（离开。）

贝尔纳达　你们也都走吧。

玛蒂里奥　安古斯蒂亚丝的未婚夫今晚怎么没来呢？

贝尔纳达　他出门去了。

玛蒂里奥　（望着阿黛拉）啊！

阿黛拉　明天见。

　　　　（离开。玛蒂里奥喝了水，慢慢下场，一边还看向牲口棚大门的方向。庞西娅上场。）

庞西娅　你还在这儿呢？

贝尔纳达　享受着这一片寂静，并没有看到你所谓的要在这儿发生
　　　　的什么"大事儿"。

庞西娅　贝尔纳达，咱们别再聊这个了吧。

贝尔纳达　这所房子里并没有任何风吹草动。一切我都牢牢地盯
　　　　着呢。

庞西娅　表面上啥事儿也没有，这是事实。你的女儿们活得就像被
　　　　关在橱柜里。但不管是你还是别的什么人，都没法监视到她们
　　　　心里在想啥。

贝尔纳达　我的女儿们心里都安定得很呐。

庞西娅　那对你很重要，因为你是她们的母亲。对我来说，能把这
　　　　所房子照管好就行了。

贝尔纳达　现在你可以闭嘴了。

庞西娅　我会本本分分地待着，绝不惹是生非。

贝尔纳达　实际上是因为你没什么可说的了。要是这家里长出草来，
　　　　你一准儿会赶着四里八乡的羊来吃草。

庞西娅　我肚子里装着的事情可比你想象的要多呢。

贝尔纳达　你儿子还是能在凌晨四点的时候看见佩佩吗？关于这个
　　　　家还是有很多风言风语吗？

庞西娅　人家什么也没说。

贝尔纳达　因为他们说不出来。因为根本就没有他们可以去嚼的
　　　　肉。还不是亏了我在这儿亲自盯着！

庞西娅　贝尔纳达，我不想再说是因为我不知道你究竟想要干什么。
　　　　可你也别觉得就万无一失了。

贝尔纳达　当然是万无一失！

庞西娅　没准儿突然就劈下一道闪电！也没准儿突然一个打击就让
　　　　你心脏停跳。

贝尔纳达 这儿什么事儿也不会发生。对你猜测的事情我会保持警惕的。

庞西娅 反正这样对你更好。

贝尔纳达 那是当然！

女佣 （上场）我把盘子都洗完了。贝尔纳达，您还要派什么活儿吗？

贝尔纳达 （站起身来）没什么了。我要去休息了。

庞西娅 你想让我几点去叫你？

贝尔纳达 不用叫。今晚我要好好睡上一觉。

（下场。）

庞西娅 当一个人对大海无能为力时，最容易的做法就是转过身不看它。

女佣 她太骄傲了，以至于自己把眼睛给蒙上了。

庞西娅 我啥也做不了。我本想阻止事态发展，但事情实在是让我吓坏了。你看到这种寂静了吧？可每间屋子里都有着一场风暴。等到爆发的那一天，我们所有人都会被一扫而光的。反正该说的我都已经说了。

女佣 贝尔纳达觉得谁也不能把她怎么样，可她不明白一个男人在孤独的女人们中间会有着怎样的力量。

庞西娅 其实也不全怪"罗马人"佩佩。去年他确实追求过阿黛拉，阿黛拉对他也是爱得发狂，可那丫头本该安分守己，不该去招惹他。男人毕竟是男人。

女佣 有人觉得他跟阿黛拉有好多个晚上都说过话儿。

庞西娅 确实如此。（低声地）还有别的事儿呢。

女佣 我都不知道这儿到底要出什么事儿。

庞西娅 我恨不得渡过海去，离开这座战云密布的房子。

女佣 贝尔纳达正加紧准备婚礼，有可能什么都不会发生。

庞西娅　事态已经发展到无法转圜。阿黛拉已经决心不顾一切，其他几个就那么无休止地监视着。

女佣　玛蒂里奥也在监视吗？……

庞西娅　她就是最坏的那一个，简直是一口有毒的井。她看出来"罗马人"不是冲她来的，于是就恨不得尽其所能把一切都搅黄。

女佣　她们这几个都不是好东西！

庞西娅　还不是因为她们都是没有男人的女人。遇上这样的事儿，都会变得六亲不认的。嘘！……

　　（倾听。）

女佣　怎么了？

庞西娅　（站起来）是狗在叫唤。

女佣　大概是有人从门口路过。

　　（阿黛拉上场，身穿白色衬裙和紧身背心。）

庞西娅　你还没上床睡觉吗？

阿黛拉　我要去喝水。

　　（用桌上的杯子喝水。）

庞西娅　我还以为你都睡着了。

阿黛拉　我是渴醒的。你们呢，不去休息吗？

女佣　这就去。

　　（阿黛拉下场。）

庞西娅　咱们走吧。

女佣　咱们都够困的了。贝尔纳达一整天都不让我休息。

庞西娅　你拿上灯。

女佣　那些狗都像疯了一样。

庞西娅　它们就是不让咱们睡觉。

　　（二人下场。舞台几乎陷入黑暗之中。玛丽亚·何塞法抱着一只绵羊上场。）

玛丽亚·何塞法 小绵羊，我的宝宝，

我们一起去海边。

小蚂蚁就在家门口，

我喂你奶水和面包。

贝尔纳达显出豹子脸，

玛格达莱娜像条鬣狗。

小绵羊，咩咩，咩咩咩，

咱们共赴伯利恒，

城门自有花束绕。

（笑起来）

你我都不愿入眠。

大门自己会打开，

你我去往海滩上，

钻进珊瑚茅草屋。

贝尔纳达显出豹子脸，

玛格达莱娜像条鬣狗。

小绵羊，咩咩，咩咩咩，

咱们共赴伯利恒，

城门自有花束绕！

（唱着歌离开。阿黛拉上场。她悄悄地左右张望一番，然后消失在牲口棚的门口处。玛蒂里奥从另一扇门出来，待在舞台中央，痛苦不安地窥伺着。她同样穿着衬裙，身披一条齐腰的黑色小披巾。玛丽亚·何塞法上场，从她跟前走过。）

236

玛蒂里奥　外婆，您这是要去哪儿？

玛丽亚·何塞法　你会去给我开门儿吗？你是谁呀？

玛蒂里奥　您怎么在这儿呀？

玛丽亚·何塞法　我是逃出来的。你又是谁呀？

玛蒂里奥　您还是快去睡吧。

玛丽亚·何塞法　你是玛蒂里奥。我看见你了，一脸苦相的玛蒂里
　　奥。你啥时候能有个孩子啊？我都有了这个了。

玛蒂里奥　您从哪儿弄来这只绵羊的？

玛丽亚·何塞法　我知道这是只绵羊。可为什么绵羊不能成为孩子
　　呢？有一只绵羊总比什么都没有好哇。贝尔纳达显出豹子脸，
　　玛格达莱娜像条鬣狗。

玛蒂里奥　您可别出声啊。

玛丽亚·何塞法　对呀。这儿什么都是黑黢黢的。因为我的头发是
　　白色的，你就觉得我养不出孩子，可我明明养得出来，孩子，
　　孩子，还是孩子。这孩子会有白色的毛发，他会再生孩子，而
　　那孩子也会再生孩子，所有的孩子都发如白雪，我们就如波浪
　　一般，一浪接着一浪。然后我们所有人都坐下来，全都有着白
　　色头发，都成了泡沫。这里怎么没有泡沫呀？这里除了戴孝的
　　披巾什么都没有。

玛蒂里奥　别说了，别说了。

玛丽亚·何塞法　我邻居生孩子的时候我给她带去巧克力，后来她
　　也给我拿来巧克力，一直都是这样，一直都是。你也会有白头
　　发，可邻居那些女人才不会来呢。我得走了，可我害怕那些狗
　　会咬我。你会陪我走出那片田地吗？我不喜欢田地，我喜欢房
　　子，但得是敞亮的房子。邻居的女人们带着她们的小孩儿躺在
　　各自的床上，男人们坐在屋外自己的椅子上。"罗马人"佩佩是

个大块头。你们这些女人全都喜欢他，可他会把你们都吞噬了，因为你们都是麦粒儿。不，才不是麦粒儿呢！个个都是没有舌头的青蛙！

玛蒂里奥 （激动地）走吧，您快上床睡去吧。

（推着玛丽亚·何塞法。）

玛丽亚·何塞法 好吧，不过之后你就会给我开门，对不对？

玛蒂里奥 一定。

玛丽亚·何塞法 （哭泣着）

小绵羊，我的宝宝，

我们一起去海边。

小蚂蚁就在家门口，

我喂你奶水和面包。

（下场。玛蒂里奥关上玛丽亚·何塞法离开的那道门，走向牲口棚的门。她在那儿迟疑了，但还是又向前迈了两步。）

玛蒂里奥 （低声地）阿黛拉。（停顿。向前走到门口。高声地）阿黛拉！

（阿黛拉现身，头发有些凌乱。）

阿黛拉 你找我干什么？

玛蒂里奥 离开那个男人！

阿黛拉 你算老几，要跟我说这些？

玛蒂里奥 那不是正派女人待的地方。

阿黛拉 你是有多想占据那地方呀！

玛蒂里奥 （声音更大地）终于到我说话的时候了，不能再这么下去了。

阿黛拉 这只不过才开始。我有力量让自己继续下去。这份决心和力量是你所没有的。我已见识过这房子里的死亡，我得出发去找我的东西，去追求属于我的一切。

玛蒂里奥　那个没心肝的男人为别的女人而来，你却横插在中间。

阿黛拉　他为了钱而来，不过他的目光一直落在我身上。

玛蒂里奥　我可不会让你把他抢走。他是要跟安古斯蒂亚丝成亲的。

阿黛拉　你比我更清楚，他根本不爱安古斯蒂亚丝。

玛蒂里奥　我知道。

阿黛拉　你知道，因为你已经看见了，他爱的是我。

玛蒂里奥　（绝望地）没错。

阿黛拉　（步步逼近）他爱的是我，他爱的是我。

玛蒂里奥　你要是乐意就干脆捅我一刀吧，只是别再跟我这么说了。

阿黛拉　这么说你是想让我别跟他在一起。你不在乎他去拥抱他并
　　　　不爱的女人，我也不在乎。他能跟安古斯蒂亚丝在一起待上一百
　　　　年，他拥抱我却让你难以忍受，因为你也爱他，你爱他！

玛蒂里奥　（动情地）没错！就让我敞开天窗说亮话吧。对！就让我
　　　　的胸膛如苦石榴般爆裂开来吧。我爱他！

阿黛拉　（冲动地一下子抱住玛蒂里奥）玛蒂里奥，玛蒂里奥，这不
　　　　能怨我。

玛蒂里奥　你别抱我！别想让我的眼光柔和下来。我的血跟你的早成
　　　　了两回事儿，就算我想把你当妹妹，现在也只能把你当女人看。
　　　　（把阿黛拉推开。）

阿黛拉　那就没办法了。谁该憋屈死就去憋屈死吧。"罗马人"佩佩
　　　　是我的。他会把我带到岸边的灯心草丛里去。

玛蒂里奥　休想！

阿黛拉　在品尝过他亲吻的滋味后，我再也无法忍受这个家中恐怖
　　　　的氛围。我要成为他希望我成为的样子。就算全村都反对我，
　　　　用他们冒火的手指烧灼我，就算被那些所谓的体面女人横加指

责，我也要当着所有人的面儿戴上那顶荆冠，那顶被有妇之夫爱恋的女人才会佩戴的荆冠。

玛蒂里奥　闭嘴！

阿黛拉　好，好。（低声地）咱们去睡觉吧，咱们就让佩佩跟安古斯蒂亚丝结婚好了。我已经无所谓了。不过我会到一所孤零零的小房子去，什么时候他想见我，什么时候他乐意见我，他就能在那儿见到我。

玛蒂里奥　只要我身体里还有一滴血，那种事儿就休想发生。

阿黛拉　对你来说是不会发生，因为你软弱。我用一根小指头就能让一匹腾空直立起来的马跪伏在地。

玛蒂里奥　你少用这种刺激我的尖嗓门嚷嚷。我心里充斥着一股邪恶的力量，在无意之中都能让我自己窒息。

阿黛拉　我们被教导要爱自己的姐妹。上帝应该是把我一个人留在一片黑暗之中，因为我看着你，却像从未与你谋面一般。

（传来一声口哨声。阿黛拉跑向门口，但玛蒂里奥挡住她的去路。）

玛蒂里奥　你去哪儿？

阿黛拉　你从门口让开！

玛蒂里奥　你有本事就从这儿过！

阿黛拉　躲开！

（扭打。）

玛蒂里奥　（高声地）母亲，母亲！

阿黛拉　给我起开！

（贝尔纳达现身，穿着衬裙，披着黑色披巾。）

贝尔纳达　别闹了，别闹了。看来我真是太缺手段了，居然没法手握一道闪电！

玛蒂里奥 （指着阿黛拉）她跟佩佩在一块儿！看她那衬裙上都是麦秸秆！

贝尔纳达 那麦草堆就是天生下贱的女人的卧榻！

（怒气冲天地走向阿黛拉。）

阿黛拉 （与贝尔纳达对峙）这霸道的声音就此完结了吧！（夺过她母亲的手杖，把它撅成了两段）这专制者的棍棒我也要让它完蛋。您一步也别再往前迈。除了佩佩，谁也别想指挥我！

（玛格达莱娜上场。）

玛格达莱娜 阿黛拉！

（庞西娅和安古斯蒂亚丝上场。）

阿黛拉 我是他的女人。（对安古斯蒂亚丝）听清楚了你就到牲口棚去告诉他。他会完全掌控这个家。他就在那外面，像头狮子一样地喘着气。

安古斯蒂亚丝 我的上帝呀！

贝尔纳达 猎枪！猎枪在哪儿呢？

（跟着庞西娅跑下场。阿梅丽娅出现在舞台深处，头靠在墙上，惊恐地看着。玛蒂里奥随后下场。）

阿黛拉 谁也奈何不了我！

（作势离开。）

安古斯蒂亚丝 （抓住阿黛拉）你休想以胜利者的姿态从这儿离开！你这个贼！你是我们家里的败类！

玛格达莱娜 让她滚，到我们永远也见不到她的地方去！

（传来一声枪响。）

贝尔纳达 （上场）现在我看你还敢去找他。

玛蒂里奥 （上场）"罗马人"佩佩完蛋了。

阿黛拉 佩佩！我的上帝啊！佩佩！

243

（跑下场。）

庞西娅　你们把他杀了？

玛蒂里奥　没有！他骑着他的马跑了！

贝尔纳达　都怪我。女人开枪就是不会瞄准儿。

玛格达莱娜　那你为什么要那么说？

玛蒂里奥　说给她听的！说不定她已气血冲头了。

庞西娅　坏蛋。

玛格达莱娜　真是恶魔附体！

贝尔纳达　不过还是这样最好！（传来一声撞击声）阿黛拉！阿黛拉！

庞西娅　（在门口）开门！

贝尔纳达　开门。别以为这几面墙能遮掩你的丑事。

女佣　（上场）邻居们都起来了！

贝尔纳达　（低声地，如同一声低吼）开门，因为我这就把门推倒！（停顿。一切陷入一片死寂）阿黛拉！（从门前退开）去拿一把锤子来！（庞西娅使劲一推，进屋。一进门后就发出了尖叫，随即出来）怎么了？

庞西娅　（抬起双手捂住脖子）但愿我们永远别落得这样的下场！

（众姐妹向后退。女佣画着十字。贝尔纳达大喊一声冲向前）你别进去！

贝尔纳达　不，我不进去！佩佩，你会活着跑过黑暗中的杨树林，但总有一天你要玩儿完。把她解下来！我女儿死时还是贞洁之身！你们把她送到她房间去，给她像少女一样穿戴起来。不管是谁，什么也不许说！她是以贞洁之身死去的！你们去告诉人家，天亮时敲两遍丧钟！

玛蒂里奥　她现在比活着的时候要幸福一千倍。

246

贝尔纳达　我不想听见哭声。遇到死亡就得直接面对。肃静!（对另一个女儿）我说了，都闭嘴!（对第三个女儿）自己待着的时候再流泪!我们全都要浸入丧仪的海洋了!她，贝尔纳达·阿尔瓦的小女儿，清清白白地死去了。你们听见我说的了吗?肃静，我说了要肃静。肃静!

幕　落

1936年6月19日周五

UNA TRILOGÍA RURAL

by Federico García Lorca

著作权合同图字：18-2021-128

Illustrated Classics
经典 看得见

堂吉诃德
插图典藏版

〔西〕米盖尔·德·塞万提斯 著

〔保〕斯韦特林·瓦西列夫 绘

董燕生 译

彼得·潘
插图典藏版

〔英〕詹姆斯·巴里 著
〔保〕斯韦特林·瓦西列夫 绘

张炽恒 译

野性的呼唤
插图典藏版

〔美〕杰克·伦敦 著
〔英〕维克托·安布鲁斯 绘

石雅芳 译

爱伦·坡暗黑故事集
插图典藏版

〔美〕埃德加·爱伦·坡 著
〔西〕赫苏斯·加万 绘
曹明伦 译

王尔德幻想故事集
插图典藏版

〔英〕奥斯卡·王尔德 著
〔西〕赫苏斯·加万 绘
张炽恒 鲁冬旭 译

罗密欧与朱丽叶
插图典藏版

〔英〕威廉·莎士比亚 著
〔俄〕亚历山德拉·谢苗诺娃 绘
朱生豪 译

局外人
插图典藏版

〔法〕阿尔贝·加缪 著
〔俄〕米哈伊尔·班可夫 绘
唐洋洋 译

少年维特的烦恼
插图典藏版

〔德〕歌德 著
〔美〕加里·凯利 绘
巴蜀译翁 译

化身博士
插图典藏版

〔英〕史蒂文森 著
〔美〕加里·凯利 绘
赵毅衡 译